Mein Vergehen wider die BH-Industrie

AF191767

HERBERT LUDWIG

Mein Vergehen wider die BH-Industrie

Bibliografische Information der Deutschen Nationalbibliothek
Die Deutsche Nationalbibliothek verzeichnet diese Publikation in
Deutschen Nationalbibliografie; detaillierte bibliografische Daten sind
im
Internet über http://dnb.d-nb.de abrufbar.

© 2010 Herbert Ludwig
Herstellung und Verlag: Books on Demand (BoD) GmbH,
Norderstedt
ISBN 978-3-8423-1317-0

INHALT

Schwarzbau

Ein gutes Jahr war es nun her, dass wir vom Bug der MS Rotterdam den Eltern und ein paar Freunden zugewinkt hatten, voller Vorfreude und Tatendrang und doch ein klein wenig Bangigkeit im Gefühlsgepäck. Wir waren auf dem Weg nach Kanada. Wir waren Auswanderer.

Und seit einem Jahr war ich nun bei einem Ingenieurbüro in Calgary als „Outdoor man" beschäftigt. Während ich es von Deutschland her gewohnt war, ein Vermessungsprojekt von A – Z zu betreuen, d.h. für die Vorbereitung, die Messung und die Auswertung bis hin zum fertigen Plan oder einem Koordinatenverzeichnis als Ergebnis verantwortlich zu sein, übte man sich hier in strikter Trennung von „Outdoor" und „Indoor". Mit anderen Worten, der mit dem Label „Outdoor" Versehene war für die Messungen im Gelände zuständig, lieferte seine Messergebnisse im Büro ab und dort übernahm die Fraktion „Indoor" die Auswertung. Oder „Outdoor" wurde mit den von „Indoor" erarbeiteten Absteckungsplänen ausgestattet und hatte das im Büro Berechnete in die Realität zu übertragen. Eine – in meinen Augen – ziemlich dumme Verfahrensweise, weil gerade die Abwechslung den Reiz dieses Berufs ausmacht und außerdem derjenige, der die Beobachtungen durchgeführt hat, viel eher in der Lage ist, einen offensichtlichen Fehler, eine Verwechslung oder eine Lücke im Beobachtungsmaterial zu erkennen und ggf. zu beheben.

Es gibt aber auch ganz generelle Unterschiede in den Arbeitsplatz-Gepflogenheiten zwischen hüben und drüben des großen Teiches: Ein Betriebsangehöriger, welcher durch 25, 30 oder gar 40 Jahre Betriebszugehörigkeit seine Treue zum

Betrieb bewiesen hat, wird in Deutschland mit Urkunden oder goldimitierten Uhren geehrt und in einer kleinen Feierstunde der übrigen Belegschaft als leuchtendes Beispiel präsentiert. Ein Arbeitnehmer in Kanada, dessen Vita ausweist, dass er 10 Jahre beim gleichen Verein beschäftigt war, gilt dagegen eher als suspekt. Man unterstellt ihm insgeheim, dass er wenig flexibel ist und nur zu faul war, sich eine andere Stelle zu suchen. Dazu passend sind die Kündigungs-Verfahren. Kündigungsfristen sind eher ein Fremdwort. Ist man mit einem Mitarbeiter nicht mehr zufrieden, so wird ihm das formlos mitgeteilt, dass er morgen nicht mehr gebraucht würde. Umgekehrt wundert man sich an der Arbeitsstelle auch nicht über die Maßen, wenn ein Arbeitsplatz plötzlich nicht mehr besetzt ist, weil dem Betreffenden der Betrieb über Nacht nicht mehr gefällt oder er ein besseres Angebot bekommen hat. Ich selbst habe damit Erfahrung gemacht, als mir wegen unterschiedlicher Ansichten hinsichtlich einer Überstundenvergütung kurzerhand gekündigt wurde – nur weil mein unmittelbarer Chef einmal Deutscher gewesen war, durfte ich noch eine Woche bleiben. Umgekehrt fiel der Inhaber des Ingenieurbüros, bei dem ich danach angestellt war, aus allen Wolken, als ich ihm am Ersten eröffnete, dass ich zum Ende des Monats ausscheiden wolle, weil wir die Rückkehr in die Heimat geplant hatten. „Warum sagst du mir das", meinte er völlig konsterniert, „schon jetzt?" Er war davon aber so beeindruckt, dass er mich tatsächlich bis Ende des Monats behielt, obwohl wir um diese Zeit fast nichts zu tun hatten.

Als ich eines Abends von einer Absteckungsarbeit in einem neuen Siedlungsgebiet ins Büro zurückkomme, werde ich gefragt, ob ich für 1-2 Monate den Job eines Bauleiters im „Bush up North" übernehmen würde. Hintergrund: Offensichtlich war man mit demjenigen, der dort bislang mit dieser Aufgabe betraut war, nicht zufrieden und folglich hatte man ihn gefeuert. Meine Frau ist zur Zeit gerade mit ihrem Schwager auf der Weltausstellung in Toronto und sie hat schon angedeutet, dass sie eventuell noch einen Abstecher nach New York unternehmen wollen, also muss ich mir nicht lange familiäre Genehmigungen einholen. „Ich habe so etwas zwar noch nie gemacht", lautet meine Antwort, „aber wenn ihr glaubt, dass ich das kann, dann sehr gerne."

„Up North" ist dabei selbstverständlich das entscheidende Zauberwort. Und „bush" bezeichnet in diesem Kontext nicht Gebüsch oder Buschlandschaft, sondern ganz allgemein Wildnis. Endlich wird mich ein Hauch Wilder Westen umwehen!

Bereits für den folgenden Tag wird ein Flug für mich gebucht nach Edmonton. Dort werde ich in eine Propellermaschine umsteigen, die mich nach Peace River bringt. Allein dieser Name verscheucht unterschwellige Selbstzweifel. Wenn das nicht nach Indianer-Romantik klingt?

Ein bisschen enttäuschend ist die Realität dann schon. Peace River ist mehr oder weniger eine Container-Siedlung, deren Bedeutung in dem auch für mittlere Flugzeuge tauglichen Flugfeld besteht und die zentraler Anlaufpunkt für alle sich dort oben im Norden tummelnden Öl- und sonstigen Prospecting-Trupps ist. Aber auch das hat zweifellos seinen Reiz: Derbe Männergemeinschaften, deren Sprache mit einem erheblichen Prozentsatz aus Flüchen garniert ist, die abends auch schon einmal einen ganzen Monatslohn beim „Crib" oder Pokern verspielen und wo man sich durchaus vorstellen könnte, dass da einmal die Fäuste fliegen oder ein Colt kracht. Leider gibt es statt eines Saloons mit Schwingtüre lediglich einen Verpflegungs-Container.

Der Verpflegung kommt hier oben allerdings eine besondere Bedeutung zu – und da kann man sich nicht beklagen! Die Steaks sind um gut die Hälfte dicker und größer als man sie in einem Restaurant der Großstadt serviert bekommt und – falls man das bewältigt – erhält man gerne den Teller ein zweites Mal gefüllt. Man muss diese Leute schließlich bei Laune halten. Was für eine herausragende Position der Koch in dieser relativen Abgeschiedenheit innehat, habe ich hautnah erfahren müssen. Nachdem ich 6 Wochen auf meiner Baustelle gewirkt hatte, kam es zum Lagerkoller und damit zum Kollaps: Zwar gibt es mit dem Polier der Baufirma einen offiziellen „Chief", wenn aber der Baggerfahrer schlechte Laune hat, kann sich der Chief auf den Kopf stellen, dann geht gar nichts. Das ist aber noch gar nichts gegen den „worst case", wenn nämlich der Koch keine Lust mehr hat, die Bande ordentlich zu versorgen. Um diese Situation richtig zu verstehen, muss ich vielleicht doch die Umstände verdeutlichen. Man befindet sich hier tatsächlich in der Wildnis, es gibt keinerlei Freizeit-Aktivitäten und folglich arbeitet man mangels anderer Betätigungsmöglichkeiten am Tag zwischen 10 und 14 Stunden, wobei das Wochenende schlichtweg ignoriert wird. Und nachdem wir uns in einem Indianerreservat befinden, gilt überdies striktes Alkoholverbot!

Ja, „meine" Baustelle liegt in einem Indianerreservat! Das Bauvorhaben hat allerdings nicht unmittelbar etwas zu tun mit den Ureinwohnern dieses Landes, denen man gnädigerweise ein Refugium zugewiesen hat, in dem sie andeutungsweise ihren Lebensstil leben dürfen. Der eigentliche Auftraggeber ist die dort etablierte Missionsstation. Ich habe in meinem weiteren Leben keinen nur annähernd so raffgierigen und dominanten Geschäftsmann wie den „christlichen" Leiter dieser Einrichtung kennengelernt. Während die Indianer tatsächlich noch in Zelten oder aber einfachen Blockhütten hausen und ihr „Mobiliar", Obstkisten und Ähnliches, über natürlichem Lehmboden steht, haben sich die Missionare einen ausgedehnten, komfortablen Gebäudekomplex geleistet. Der Komfort soll nun mit einem Wasserspeicher und der entsprechenden Zuleitung zur Missionsstation sowie der Anlage einer entfernt gelegenen Abwasser-„Lagune" und einer Pumpstation vervollständigt werden.

Gut Dreiviertel der Arbeiten sind erledigt, die Lagune ist ausgeschoben, die Pumpstation ist versenkt, die Unterquerung des nahegelegenen Baches ist vollendet, das Wasserhäuschen hat seine erste Füllung erhalten. Nicht, dass das alles ohne Probleme abgegangen wäre: Das Fundament der Pumpstation ist um einen halben Meter zu tief geraten, weil das Konstrukt – ohne die Baufirma oder mich davon zu unterrichten – nicht mehr mit den vorab gelieferten Plänen übereinstimmt, der Wasserspeicher ist nicht dicht, ein Hydrant steht schief, ohne dass jemand dagegen gefahren wäre … Ich habe dem Polier eine Liste mit bis dato 7 Beanstandungen überreicht. Vieles davon sollte sich ohne größeren Aufwand beheben lassen. Aber dann passiert der Super-Gau. Der Baggerfahrer sagt dem Koch, dass man seinen Fraß nicht mehr fressen könne! Daraufhin packt der Koch postwendend seine Sachen und lässt sich mit der Missions-Cessna nach Peace River ausfliegen, nicht ohne dem Baggerführer noch zu sagen dass er ein „goddam fucking cocksucking son-of-a-bitch" sei. Worauf der Baggerführer der nächste Passagier für die Cessna ist. Es ist übrigens erschreckend, wie einfallslos die Kanadier fluchen. Während ein oberbayerischer Bauarbeiter vermutlich problemlos 5 Minuten Unflätigkeiten von sich geben kann, ohne sich zu wiederholen, beschränkt sich das Repertoire seines kanadischen Kollegen weitgehend auf die oben angeführten Ausdrücke, die lediglich in ihrer Anordnung variieren.

Damit ist die Baustelle nicht mehr aufrecht zu erhalten. Der Polier beschließt, mit seiner gesamten Truppe auszufliegen und verspricht, dass man in 14 Tagen wieder auftauchen und die Arbeiten fortsetzen werde. Über Funk erreiche ich meine Firma und – nachdem sich meine Frau immer noch im Osten herumtreibt – kommen wir überein, dass ich solange vor Ort bleiben solle, bis der Bautrupp samt altem oder neuem Baggerführer und Koch zurück ist.

Das ist mir gerade recht. Jetzt kann ich endlich einmal die Umgebung erkunden und Kontakt mit den Indianern pflegen. Zwar habe ich einige von ihnen schon kennengelernt, die von der Baufirma als Hilfsarbeiter rekrutiert worden waren, aber von dem eigentlichen Indianerleben habe ich noch kaum etwas gesehen. Mit ihrer beneidenswerten Mentalität bin ich allerdings konfrontiert worden: Wenn mich das auch unmittelbar nichts angeht, so registriere ich doch, dass diese Hilfskräfte eher unregelmäßig erscheinen. Als ich einen von ihnen im nahegelegenen „Store", wo man von der Cola-Dose bis zur Colt-Munition alles bekommt, treffe, frage ich ihn, warum er denn heute nicht zur Arbeit gekommen sei. „Ah, vielleicht morgen wieder", gibt er mir ohne Anflug von schlechtem Gewissen zur Antwort. Unsere disziplingeprägten Arbeitgeber würden von einem Herzanfall in den anderen fallen!

Nun ist das Gelände nicht unbedingt für spaziergängerische Unternehmungen geeignet. Im Umkreis von mehreren hundert Kilometern findet sich nichts, das sich wesentlich von der Ebene abhebt und zudem gibt es kaum freie Stellen – ich befinde mich eben im „bush". Und auf Pfaden durch diesen sich endlos dehnenden, immer gleichen Bewuchs zu wandern, ist auf die Dauer langweilig. Wenn, dann müsste man das schon zu Pferd tun! Also frage ich bei den Indianern an, ob sie mir gelegentlich eines leihen würden. Warum sie das mit viel Fröhlichkeit und Gelächter quittieren, ist mir zunächst unklar. Aber immerhin signalisieren sie Zustimmung.

Wir haben beide unseren Spaß, ich – zum Teil – mit meinen Miet-Pferden und die Indianer mit mir. Ich bin alles andere als ein versierter Reiter, meine Erfahrungen beschränken sich auf einen eher unrühmlichen Ausflug in Irland zum Gap of Dunloe und einige wenige winterliche Ausritte in der Nähe von Calgary, wobei ich dann auch tatsächlich einmal kopfüber vom Pferd gefallen bin – glücklicherweise in frischen Pulverschnee. Irgendwie müssen sie mir meine Unerfahrenheit schon angesehen haben, denn das erste Mal setzen sie mich auf einen Gaul, der selbst unter Mithilfe der auf den armen Kerl eindreschenden Jugend nicht dazu zu bewegen ist, sich mehr als 30 m vom heimatlichen Lager zu entfernen. Ich glaube so fröhlich habe ich nie mehr jemanden gemacht! Die Bande lacht und johlt und kugelt sich auf dem Boden, bis ich endlich meine Niederlage akzeptiere. Schließlich bringen sie mir eine Stute, die erst vor kurzem gefohlt hat. Sie ist recht umgänglich aber in den

Weichen noch recht empfindlich, so dass sie auf den leisesten Druck meiner Cowboystiefel reagiert. Als besondere Freude für mich – so verstehe ich das zumindest – lassen sie das junge Fohlen mit der Mutter mitlaufen. Es ist bereits später Abend und ich könnte nicht glücklicher sein, wie ich da als „lonesome rider" der untergehenden Sonne entgegen reite. Zu dieser Zeit gibt es sie zwar noch nicht, die Reklame, aber das ist Marlboro pur!

Ich hätte vermutlich noch eine ganze Weile auf das Umkehren vergessen, aber das übernimmt das Fohlen für mich. Die rote Scheibe ist gerade hinter dem Horizont verschwunden, da macht es plötzlich kehrt und eilt in wilden Bocksprüngen dem heimatlichen Lager zu. Logisch, dass da auch die Mutter nichts mehr hält oder gar halten kann. Vermutlich würde es mir nie gelingen ein Pferd zu einem solchen Galopp zu überreden! Ich hänge nur noch verzweifelt über dem Hals, klammere mich an der Mähne fest und versuche so zu tun, als würde **ich** die Sprünge über Gräben dirigieren. Mit Jubel und ausgelassener Freude begrüßt das Volk der „First Nation" die Staubwolke, an deren vorderster Front ich in das Lager hineinpresche.

Nachdem sie mich nun ausreichend gefoppt haben, überlassen sie mir aber – wohl als kleine Anerkennung und Wiedergutmachung – beim nächsten Mal ein Pferd, wie ich es nur aus den Schilderungen im Karl May kenne. Allein schon vom Aussehen her könnte einem das Herz aufgehen, schwarz und rassig, nicht zu fett und nicht zu klapprig und – es empfängt mich ohne irgendwelche unfreundlichen Emotionen. Wo man bei meinem ersten Testobjekt schon von vornherein den Unwillen, ja die Häme, hätte in den Augen ablesen können, betrachtet mich dieser Prachtkerl eher interessiert, so als wolle er sagen, „wenn du anständig zu mir bist, dann bin ich es auch zu dir, dann können wir ein tolles Team sein."

Es ist ein unglaubliches Gefühl auf diesem Pferd zu sitzen! Es bemüht sich sichtlich meine unbeholfene Pferdesprache zu verstehen, reagiert auf meinen Fersendruck ebenso selbstverständlich wie auf die leiseste Andeutung an den Zügeln. Wenn ich aber weder das eine noch das andere ins Spiel bringe, geht es mit einer Selbstverständlichkeit, einer Grazie, weicht jeder Pfütze, jeder hinderlichen Wurzel aus, gibt mir ganz einfach zu verstehen „du kannst das getrost mir überlassen, ich bin mir meiner Verantwortung bewusst." Einmal versuche ich ihm verständlich zu machen, dass ich gerne eine Strecke galoppieren würde, ich werde ohne weiteres verstanden und man hat den Eindruck, dass es das nicht als Belästigung empfindet, sondern versteht, dass ich alle seine Fähigkeiten kennenlernen möchte. Es fliegt dahin, als hätte ich ihm die Hand zwischen die Ohren gelegt und das berühmten „Rih" gesprochen. Dabei muss ich zu keiner Zeit Angst haben, im Gebüsch zu landen, muss mich trotz der fantastischen Schnelligkeit nicht verzweifelt am Sattelknauf festkrallen, es fühlt sich einfach natürlich an.

Als wir wieder zurück sind, halte ich mich mit Lobpreisungen nicht zurück. Obwohl sie sich beide eher stoisch geben und sich nichts anmerken lassen, gefreut, denke ich, hat es sowohl den Indianer als auch meinen freundlichen Freund für ein paar Stunden.

Mir wird es auch ansonsten nicht langweilig. Von den Missionaren leihe ich mir ein Gewehr und komme tatsächlich mit irgendeinem „bird" nach Hause, den mir die indianische

Lehrerin zubereitet als Gegenleistung für ein paar bayerisch-alpenländische Lieder. Übrigens – sehr viel erfolgreicher ist die (für teueres Geld) geführte deutsch-amerikanische Jagdgruppe auch nicht, die reichlich frustriert nach einer Woche Wildnis mit 2 Wildgänsen zurückkommt. Jagdpech, deuten die indianischen Führer an! Kaum ist die Jagdgesellschaft wieder in die Zivilisation ausgeflogen, hängt ein Bärenfell an der Außenwand der Blockhütte und die Indianerbande frisst sich durch einen Berg von Wildenten. Die ausgelassen schaden-fröhliche Stimmung gleicht der, als sie mich auf den ersten unbotmäßigen Klepper gesetzt haben.

Sozusagen, um mein weiterlaufendes Gehalt zu rechtfertigen, mache ich auch gelegentlich einen Rundgang über die Baustelle, sehe nach, ob der Hydrant sich weiter geneigt oder der Wasserspeicher von selbst dicht geworden ist. Und da entdecke ich eines Tages einen indianischen Familienverbund, mehrere Pferde und eine ganze Ladung offenbar frisch geschlagener, aber entrindeter Baumstämme. Die ersten sind bereits in einem Viereck ausgelegt. Aber das darf doch nicht wahr sein! Das ist doch eindeutig der Bereich, in dem in einem zweiten Bauabschnitt ein neues Schulgebäude vorgesehen ist. Um ganz sicher zu gehen, eile ich zur Station und dann, bewaffnet mit den Plänen, zurück zu den Schwarzbauern. Insgeheim fürchte ich allerdings Waffenungleichheit und sehe mich schon kriegsbemalten, Kriegsbeil schwingenden Kontrahenten gegenüber. Ich wende mich an denjenigen, den ich für den Clan-Chef halte und präsentiere ihm meine Waffen, die Pläne, wenngleich ohne große Hoffnung, ihn damit beeindrucken zu können. Die Hoffnung wäre auch unberechtigt gewesen, denn der Häuptling würdigt meine Pläne keines Blicks, er wirft mir ein paar indianische Brocken an den Kopf und winkt dann einen seiner Sprösslinge herbei. Dank den Missionaren! Er versteht zumindest meine Sprache. Und dann versteht er auch das Problem und übersetzt das seinem Führer-Vater. Die Art der indianischen Antwort lässt weder Krieg noch Frieden erkennen. Umso erstaunter bin ich, als ich die Übersetzung erhalte: „Ja, wenn das so sei, dann würden sie ihre Blockhütte halt woanders hinstellen." Ein Wink an seine Sippe, die Arbeit einzustellen und zusammenzupacken, ich hebe, wie aus unzähligen Western-Filmen gelernt, die rechte Hand, offensichtlich hat auch er solche Filme gesehen, denn er tut es auch und dann verschwinden sie so unspektakulär wie sie aufgetaucht sind.

Erleichtert stopfe ich mir meine eigene Friedenspfeife.

PS: Wirklich handgreiflich wäre es dann beinahe am Airport von Peace River geworden. Nachdem die Baufirma nicht, wie versprochen, nach 14 Tagen wieder aufgetaucht ist, bespreche ich mich mit meinem heimatlichen Büro und wir kommen überein, dass ich noch eine weitere Woche zuwarte und man von Calgary aus Druck machen wolle. Als auch diese Woche verstrichen ist, breche ich meine Zelte ab und lasse mich von einem truck mit nach Peace River nehmen – wo ich mich dem gerade eingetroffenen Bautrupp gegenüber sehe. Man will mich mit Gewalt überreden, mit ihnen zurück zur Baustelle zu kommen. Da setze ich meine Geheimwaffe ein: Ich erzähle ihnen in bayrischer Sprache, was ich von ihnen halte – und das geht länger als „fucking cocksucker"! Und tatsächlich nehmen sie ihre Hände von meinen Armen und Schultern. Ich meine sogar eine gewisse Anerkennung in ihren Augen erkennen zu können, als ich ohne Hast – wie ein moderner Old Shatterhand – meinem Flugzeug zustrebe.

Ablenkung

Der Ort meiner ersten Erinnerung trägt den Namen Gernrode. Wer sich ein wenig mit Namensgebungen auskennt, vermutet mit Recht, dass diese Stadt im Harz liegt. Genauer gesagt am Nordrand des Ostharzes. Beides, nämlich dass Gernrode eine Stadt ist und seine detailliert beschriebene geografische Lage, habe ich über das Internet gelernt. In meiner Erinnerung bin ich in einem ziemlich kleinen Kaff aufgewachsen, daher wäre ich nie auf die Idee gekommen, dass Gernrode heute die Titulierung „Stadt" trägt. (Inzwischen habe ich über das dortige Rathaus zusätzlich gelernt, dass dieses „Kleine Kaff" bereits seit 1539 Stadtrecht genießt). Aber ich weiß noch, dass dort die legendäre Harzbahn startete bzw. endete, dass die Hauptstraße vom Bahnhof hinauf zum Ortszentrum steil anstieg und dass die mittelalterliche Stiftskirche ein Eiskeller war, in dem wir uns unserer katholischen Mutter zuliebe die Füße abfroren. Der unmittelbar hinter dem Ort ansetzende Wald war prägend und bot interessante Hügelformationen für's Schlittenfahren im Winter und lauschige Teiche, in denen wir im Sommer mit Büroklammern als Angelhaken den manchmal träge im Wasser stehenden Karpfen nachstellten.

Mit 7 Jahren habe ich Gernrode verlassen, in einem verplombten Güterwagen. Unser Vater hatte diese nicht ganz ungefährliche Flucht aus der sowjetischen Besatzungszone organisiert. (Ehe ich mich verplomben ließ, bin ich aber noch schnell in die „wohl älteste Elementarschule Deutschlands" – auch das aus dem Internet – und habe mir das mickrigen Schulspeisungs-Brötchen, das wahrscheinlich zur Hälfte aus Sägmehl bestand, geholt).

Neben der Büroklammerjagd auf Karpfen – einmal hatten wir sogar ein prachtvolles Exemplar an der an einem Haselnussstecken befestigten Schnur, das sich der Gefangennahme aber natürlich aufgrund der technisch mangelhaften Ausrüstung erfolgreich widersetzte – und den in der Kirche erfrorenen Füßen kann ich mich zwar auch an den Feuerschein des brennenden Magdeburg erinnern, besonders im Gedächtnis sind mir aber Bilder aus der Zeit des Zusammenbruchs geblieben. Ich war damals 5 Jahre, doch den „Einmarsch" der Russen werde ich wohl nie vergessen. Ich habe die traurige Prozession noch sehr lebhaft vor Augen: Der Trupp bestand aus vielleicht 30 ausgemergelten, verdreckten Männern, von denen die Hälfte mehr tot als lebendig auf einem Heuwagen lag und von den anderen mit letzten Kraftreserven gezogen wurde. So arme Teufel habe ich seither nie mehr gesehen.

Zunächst aber erschienen die Amerikaner. Sie rückten mit gewaltigen, gefährlich brummenden Panzern ein, was wir mit gemischten Gefühlen aus Kellerschächten registrierten. Doch es fiel kein einziger Schuss. Gottlob war Gernrode bereits befreit von Idioten, die meinten bis zur letzten Patrone kämpfen zu müssen.

Als wir uns aus unseren Kellerverstecken wieder hervortrauten, konnten wir – durften wir – diese Panzerkolosse aus der Nähe bestaunen und – noch wesentlich aufregender – schwarzhäutige Menschen, die mit breitem Grinsen aus den Panzerluken hervorguckten. Uns Kindern gegenüber benahmen sie sich besonders freundlich, verteilten Kaugummi und Schokolade und wir waren fasziniert von den fremdländischen Lauten, die da aus ziemlich wohlgenährten Gesichtern auf uns eindrangen.

Wohlgenährt waren wir nicht, 1945, wohl aber geübt im Überleben, d.h. Futterbeschaffen! Zum Bahnhofsgebäude, in dem wir auch wohnten, gehörte ein kleiner Garten, der uns mit so manch Lebensnotwendigem versorgte. Auf den abgeernteten Feldern blieb keine Ähre, keine Kartoffel unentdeckt, die Wälder wurden nach Beeren und Pilzen durchkämmt. Und nun breitete sich der Überfluss direkt vor unseren Augen und Füßen aus!

Das mit den Füßen ist übrigens wörtlich gemeint. Das Bild unvorstellbaren Überflusses ist mir noch deutlich vor Augen: Ein schwarzer wohlgenährter Wuschelkopf, der sichtlich mit sich zufrieden aus der Einstiegsluke eines Panzers lugte, ein paar Kollegen, die an seinem Gefährt lehnten und vor ihnen am Boden – ein Teppich aus Zigarren. Wahrscheinlich war ihnen ein Maxi-Kistchen Havannas aus den Händen gefallen. Nicht, dass ich mich damals sonderlich für Zigarren zum Eigengebrauch interessiert hätte, aber auch in meinem kindlichen Alter hatte ich registriert, wie die Erwachsenen Tabakblätter aus dem eigenen Garten wie Kostbarkeiten hüteten, wie Zigarettenkippen von der Straße aufgesammelt, aufgewutzelt und der Inhalt entweder in der Pfeife oder in Zeitungspapier mit andächtigem Gesichtsausdruck genossen wurde.

Mein Bruder, mit seiner Lebenserfahrung weiterer 5 Jahre, wusste, dass dort Gold auf der Straße lag! Und obwohl die fremdländischen Soldaten sich einerseits uns gegenüber durchaus freundlich verhielten und andererseits offenbar zu faul waren, die Zigarren wieder aufzusammeln, traute sich mein „großer" Bruder nicht direkt unter den Augen unserer ehemaligen Feinde, quasi von ihren Füßen weg, das Gold einzusammeln. In diesem Moment erkannte er den Nutzen eines rotblonden, sommersprossigen kleinen Bruders. Er schleppte mich hinter sich her – aber nur bis hinter das nächste Haus. Dort bekam ich eine Intensivunterweisung in der Kunst der Ablenkung. Daraufhin näherten wir uns wieder – diesmal von der anderen Seite her – dem Panzer. Meine Instruktionen lauteten: mach dem schwarzen Wollkopf in seinem Turm und seinen Waffenbrüdern schöne Augen, wink ihnen, lächle sie an – und das möglichst seitlich abseits des Zigarrenteppichs!

Das Ablenkungsmanöver funktionierte wie bei einem Magier, der vor den aufmerksamen und trotzdem getäuschten Augen des Publikums seine hinreißende Partnerin verschwinden lässt. Und das mit doppeltem Erfolg: Nicht nur machte mein goldschürfender Bruder erkleckliche Beute, meine ablenkenden Verführungskünste wurden auch noch direkt mit Cadbury und Wrileys belohnt!

Dies war der Startschuss für ein äußerst erfolgreiches Diebes-Duo. Fürderhin wurde ich immer besonders putzig ausstaffiert und der Bruder bewaffnete sich mit einem kleinen Rucksack, klein genug, um den Eindruck zu vermitteln, dass darin Spielzeug oder Ähnliches befördert wurde, aber doch groß genug, um darin im geeigneten Moment Büchsen mit Keksen oder Kondensmilch, Schinken oder Schokolade verschwinden zu lassen. Allmählich hielt amerikanische Lebensweise in unserem Haushalt Einzug!

Wir wurden in unserer Aufgabenverteilung immer routinierter, unsere Hamsterexpeditionen verliefen immer erfolgreicher und wäre das so weitergegangen, weiß ich nicht, ob der eine tatsächlich Fotograf und der andere Vermesser geworden wären. Aber nach etwas mehr als 2 Monaten war das paradiesische Zwischenspiel vorüber und der vorgezeichnete Weg hin zu einem eingespielten Bankräuber-Duo fand ein abruptes Ende. Die Amerikaner zogen ab, die Russen rückten nach. Wenn wir nicht so lustvoll in den Tag hinein geschwelgt hätten, sondern ein wenig auf Vorratshaltung bedacht gewesen wären, hätte man den armen Teufeln wahrlich etwas abgeben müssen!

Rache

Manchmal, wenn es mich zu einer fachlichen Veranstaltung in die Landeshauptstadt zog oder ich wieder einmal Gebirgsluft nötig hatte (wobei das eine sich durchaus mit dem anderen verbinden ließ), gabelte ich auf der Fahrt gen Süden einen Anhalter mit Zielrichtung München auf. Heute ist das eher unwahrscheinlich, weil es inzwischen die Internet-Möglichkeit der Mitfahrzentralen gibt. Auch über diesen Weg saß gelegentlich ein Copilot oder auch eine Copilotin auf meinem Beifahrersitz. Und dann kommt man natürlich ins Gespräch, wohin ich wolle, was er oder sie in München vorhätten, was er oder sie beruflich treiben bzw. studieren würden. Meist schloss sich daran die gleichgeartete Gegenfrage. Und wenn ich mich dann als Professor für Vermessungstechnik outete, war die Reaktion sehr häufig „Ja, muss man denn so etwas studieren?"

Für die meisten verbindet sich Vermessung mit rot-weißen Stäben und Nivellierlatten und einem Mann, der mit nicht ganz klar erkennbarer Zielsetzung in eine Art Fernrohr glotzt, wie man das gelegentlich an Straßenbaustellen beobachtet. Heutzutage sieht man den früheren Fernrohrgucker allerdings meist mit einer Stange herumlaufen, die mit einer runden Satelliten-Empfangsantenne ausgestattet ist.

Tatsächlich ist das Berufsfeld des Vermessungsingenieurs außerordentlich vielfältig. Vergessen wir einmal für den Moment den Mann an der Straßenbaustelle. Ihm voraus gegangen ist nämlich der gesamte Komplex der staatlichen Vermessung. Denn der Baustellenvermesser hat sich irgendwoher seine Orientierung in der Höhe von einem amtlichen Höhenbolzen der Landesvermessung geholt und hat sich übergreifend in das Lagenetz der amtlichen Vermessung eingebunden. Mit anderen Worten die staatliche Landesvermessung spannt ein Netz nach Lage und Höhe über das gesamte Staatsgebiet. Das ist natürlich schon vor mehr als hundert Jahren passiert, aber es muss ständig ergänzt, erhalten und auf den neuesten Stand der Technik gebracht werden. Daneben ist die Katastervermessung für den Erhalt und die Fortführung von Grundstücksgrenzen verantwortlich und die ländliche Neuordnung schließlich befasst sich mit einer sinnvollen Restrukturierung von ländlichen Gebieten. Als weitere Aufgabe der Landesvermessung ist außerdem die Bereitstellung von Kartenmaterial unterschiedlicher Maßstäbe und für unterschiedliche Zwecke anzuführen. Eine Arbeit, die vornehmlich mit den technischen Mitteln der Luftbildphotogrammetrie bewältigt wird.

Nun ist aber selbst der Landesvermessung ein Bereich vorgeschaltet, den man einmal als Erdmessung bezeichnet hat. Geht man nämlich über den lokalen Rahmen von einigen Kilometern, in dem ohne Probleme eben gerechnet werden darf, hinaus, so werden die Berechnungen bezogen auf die tatsächliche Erdfigur (1. Näherung: Kugel, 2. Näherung: Ellipsoid) nicht nur sehr viel komplizierter – es bedarf zunächst überhaupt der genauen Ermittlung dieser Erdfigur. Diesen Zweig kann man schlicht als den wissenschaftlichen Teil innerhalb der Vermessung bezeichnen. Dabei ist der ursprünglichen Zielsetzung, der Erdfigurbestimmung, ein ganzer Katalog von zusätzlichen Themen hinzugewachsen: Gravitationsfeld, Rotationsgeschwindigkeit, Lage der Polachse und deren Änderungen, sowie Änderungen der Erdoberfläche in lokalen Verwerfungszonen bis hin zu Kontinentalverschiebungen.

Kehren wir aber zurück zu dem Mann an der Straßenbaustelle, so geht seiner für jeden Autofahrer beobachtbaren Tätigkeit der Absteckung die der topografischen Geländeaufnahme voraus, die erst eine vernünftige Planung ermöglicht (in welche der Vermesser in mancherlei Hinsicht ebenfalls eingeschaltet sein kann) und erst am Ende steht die Absteckung. Sieht der Trassenverlauf Kunstbauwerke wie Brücken oder Tunnel vor, so sind diese Vermessungsarbeiten natürlich besonders aufwendig, kompliziert und erfordern hohe Genauigkeit und Zuverlässigkeit. Das gilt in gleichem Maße für alle anspruchsvollen Baumaßnahmen wie Bahnhöfe, Hochhäuser, Fabrikationsanlagen, Fernseh- und Kühltürme, Staudämme und –mauern etc. Dort kommt als zusätzliches Tätigkeitsfeld die präzise Ausrichtung von Fahrstühlen, Kranbahnen und Maschinenstraßen sowie Kontroll- und Überwachungsmessungen hinzu.

Übergreifend bezeichnet man diesen Bereich als „Ingenieurgeodäsie", ein dem Laien kaum geläufiges Fachgebiet. Mögen das Zeltdach der Olympiaanlagen in München, der Hotelturm in Dubai, die Europabrücke oberhalb Innsbruck Meisterwerke der Architektur sein, ohne die aufwendigen Berechnungen der Statiker blieben die schönen architektonischen Entwürfe nichts als visionäre Bildchen. Allein das wird häufig über den Lobeshymnen für den genialen Architekten vergessen. Was aber völlig außer Acht bleibt: Selbst die ausgeklügeltsten Planungen, Rechnungen und technischen Rafinessen wären spätestens im 10. Stockwerk des Hotelturms Makulatur, wenn den Planern nicht die Vermessung zur Seite stünde. Gleichermaßen gäbe es keine Trassen für Hochgeschwindigkeitszüge und keinen Kanaltunnel, kein Radioteleskop in Effelsberg und kein Elektronensynchroton wie das DESY in Hamburg oder CERN in Genf.

Hierbei ist das ganze Potential der Vermessungskunst und der instrumentellen Technik gefordert, um Genauigkeitserwartungen bis in den Submillimeterbereich zu erfüllen und deren Zuverlässigkeit zu garantieren.

Und doch gibt es einen Bereich in diesem Berufszweig, welcher der generell gewissenhaften Bestrebtheit eines Vermessers nach angemessen hoher Genauigkeit und Kontrolliertheit seiner Ergebnisse ziemlich eklatant widerspricht: Die Massenermittlung. Bei jeder Bahn- oder Straßentrasse ergeben sich mehr oder weniger aufwendige Erdarbeiten in Form von Einschnitten oder Aufschüttungen. Dabei ist der für die Planung Verantwortliche selbstverständlich bemüht, einerseits solche kostspieligen Maschinenarbeiten durch eine entsprechende Linienführung weitgehend zu vermeiden und andererseits das Unvermeidbare so zu gestalten, dass bei Ab- und Auftragsarbeiten möglichst Massenausgleich erreicht wird.

Solche Erdbewegungen ergeben sich aber bei jedweden Baumaßnahmen, also bei der Anlage von flächenhaften Projekten wie Parkplätzen und Sportstätten ebenso wie im Hochbau mit tiefer Gründung vom Geschäftshaus mit Tiefgarage bis hin zum unterkellerten Einfamilienhaus. Das sind Arbeiten für Raupen und Bagger und das gibt es nicht umsonst. Im Leistungsverzeichnis ist das klar ausgewiesen und jede unterschiedliche Bodenbeschaffenheit von Sand bis Fels hat naturgemäß einen anderen Preis. Der ist in der Regel pro Kubikmeter ausgewiesen. Die Gesamtkosten ergeben sich somit aus vereinbartem Kubikmeterpreis mal Anzahl der Kubikmeter. Ist der Architekt mit der Baufirma in gutem Einvernehmen und der Bauherr in solchen Dingen unbedarft, so überlässt er diese Massenermittlung der Baufirma selbst, anstatt sie einem Vermesser anzuvertrauen. Das ist ohne Ausnahme ein ebenso fataler wie kostspieliger Fehler.

Ich kann aus meiner beruflichen und privaten Erfahrung heraus sagen, dass nirgendwo im Baugewerbe soviel beschissen und ungerechtfertigtes Geld verdient wird, wie auf diesem Sektor. Dabei muss unter dem Sammelbegriff „Massenermittlung" gleichermaßen das Aufbringen von Materialien einbezogen werden, also Schichten von Kies, Schotter, Teer etc. Werden z.B. entgegen der vereinbarten Schichtstärke von 25 cm Kies nur 20 cm aufgebracht, so sind das leicht verdiente 20%.

Sie werden sagen, nun ja, aber dafür gibt es schließlich ein Straßenbauamt und eine staatliche Bauleitung vor Ort, die werden das doch kontrollieren.

Es war im ersten Jahr meiner beruflichen Tätigkeit in einem Münchner Ingenieurbüro, als ich an eine andere Firma ausgeliehen wurde, welche in den Bau eines Autobahnknotens bei Osnabrück involviert war. Der Bauleiter der Baufirma war ein Berchtesgadener und er musste irgendwie am Obersalzberg in die Schule gegangen sein. Jedenfalls benahm er sich wie ein kleiner Hitler. Den staatlichen Bauleiter hatte er bereits derart zermürbt, dass mir dieser mit Tränen in den Augen (das ist keine literarische Übertreibung) gestand, dass er nicht mehr wisse, was er tun solle. „Wenn ich mich neben den stelle, der die Latte hält, dann liest der am Instrument falsch ab", klagte er mir sein Leid, „und kontrolliere ich die Ablesung am Instrument, stellt der andere die Latte auf die Schuhspitze." Ich hatte unmittelbar nichts mit Massenermittlung zu tun, wohl aber mit dem Firmenbauleiter. Nun bin ich nicht umsonst in München aufgewachsen. Als der das erste Mal versuchte, seine Hitlerallüren auch auf mich anzuwenden, fuhr ich ihm – schon allein aus Sympathie mit dem armen Kerl von der staatlichen Behörde – derart übers Maul, dass er kurzfristig richtig zahm wurde. Offenbar war er so etwas nicht gewohnt und schon gar nicht, dass man ihm im hohen Norden in heimatlichem Dialekt die Meinung sagte. Die 20% und wahrscheinlich mehr, hat diese Baufirma aber mit Sicherheit unverdient verdient!

Nun muss ich aber vielleicht doch kurz der praktischen Vorgehensweise bei der Massenermittlung ein paar Zeilen widmen. Grundvoraussetzung ist die topografische Erfassung des natürlichen Geländes **vor** der Baumaßnahme. Den Zustand **nach** Aushub oder Auftrag müsste man theoretisch nicht aufmessen, der ist ja in der Planung vorgegeben. Trotzdem empfiehlt sich das – siehe oben! Nun hat die Aufnahme eines natürlichen Geländes immer etwas Generalisierendes an sich und ist dem Geschick und der Erfahrung des Vermessers anheim gegeben. Gleiches gilt dann für die Rechnung. Die Idee ist ja, dass ich zwei Flächen, die des ursprünglichen Geländes und die des Planungszustandes, mathematisch oder graphisch generiere und zusammen mit den dazwischenliegenden Höhenunterschieden so zu einer Bestimmung der Masse zwischen diesen beiden Grenzflächen komme. Das ist für zwei ebene Flächen mit senkrechten Begrenzungen an den Rändern sehr simpel, im Fall eines bewegten Geländes und angeböschten Randsituationen aber einigermaßen kompliziert. Dafür hat man heute über das sogenannte digitale Geländemodell hervorragende automatisierte Hilfsmittel. Trotzdem: Sowohl in der mehr oder weniger detaillierten vermessungstechnischen Aufnahme ebenso wie in der mehr oder weniger feinmaschigen Berechnung liegt eine gewisse Unsicherheit, die dazu führen würde, dass zwei verschiedene Bearbeitungen wohl immer unterschiedliche Resultate liefern werden. Doch das bewegt sich im Prozentbereich. Und das ist gegenüber dem Betrugspotenzial absolut vernachlässigbar.

Der Bauleiter eines Siedlungsprojekts in den Außenbereichen Würzburgs erzählte mir, als ich ihm zufällig über den Weg lief, dass er der Baufirma soeben die angesetzten 8000 cbm Massenbewegung auf 4000 zusammengestrichen habe. Und dass das kommentarlos akzeptiert worden sei! Daraus lässt sich nur entnehmen, dass 3000 vermutlich der Realität allmählich nahe gekommen wären.

Kaum, dass ich mich in unserem Dorf angesiedelt hatte, ließ ich mich unvorsichtigerweise darauf ein, den vakanten Posten des Sportvereinsvorsitzenden auszufüllen. Die Amtszeit beträgt 2 Jahre. Das würde ich auf mich nehmen, sagte ich der versammelten Sportlergilde – mehr aber nicht. Es kam anders. In diesen 2 Jahren war es mir gelungen, 2 Tennisplätze durchzusetzen und auch zu verwirklichen. Nun hatte die vornehmlich fußballorientierte Sportgemeinde endlich den Grund erkannt, weswegen ich mich so leicht in dieses Amt hatte hineinreden lassen. (Dass diesem Entschluss pure Naivität gepaart mit einem gewissen Verpflichtungsgefühl der Gemeinde gegenüber zugrunde lag, konnte sich keiner vorstellen). „Das hat der nur wegen seiner Tennisplätze gemacht", wollte ich mir aber nicht nachsagen lassen.

So verlängerte ich um weitere 2 Jahre und verwirklichte in dieser Zeit ihren Wunsch nach einem zweiten Fußballplatz. Die günstigste Konstellation, um an möglichst viel Geld aus den diversen möglichen Zuschusstöpfen zu kommen, war, dass die Gemeinde als Bauherr auftrat. Insofern hätte ich also, was die bautechnische Seite betrifft, mit der Abwicklung eigentlich nichts zu tun gehabt. Trotzdem machte ich mir meine Gedanken bzw. eine überschlägige Berechnung der anstehenden Massenbewegungen.

Eines Tages – der Platz war bereits angelegt – erhielt ich einen Anruf. Der Anrufer stellte sich als der Vermesser der Baufirma vor und klang nicht besonders glücklich. „Herr Professor, ich weiß ja, dass Sie Vermesser sind", möglicherweise war es sogar ein ehemaliger Student von mir, „Sie haben sich doch sicher auch über die Massenbewegungen ein Bild gemacht?" Das hätte ich, sagte ich ihm, und dass ich auf rund 1500 cbm gekommen sei. Ja, das habe er auch errechnet, sagte mir mein Telefon Vis-a-vis. „Das finde ich schön", sagte ich ihm, „dann ist ja alles in Ordnung". „Nichts ist in Ordnung", jaulte beinahe der Bau-Vermesser, „mein Chef verlangt, dass ich 3000 cbm herausbringe."

Ich will Sie, verehrte LeserInnen, nicht unter Massenermittlungsgeschichten begraben. Aber eine muss ich Ihnen doch noch kredenzen, damit die Überschrift endlich gerechtfertigt wird.

Mein privates Einfamilienhaus wurde – wie man das nennt – schlüsselfertig erstellt. Trotzdem habe ich – um Kosten zu sparen – vieles selbst gemacht. Obwohl ich alles andere als ein begnadeter Handwerker bin! Ich werde nie den Blick des Fliesenleger-Kapos vergessen, als er am Morgen nach meiner Fliesenlegungs-Nacht in der Tür erschien. Ich hatte – aus mir zwischenzeitlich unverständlichen Gründen – gewisse Bereiche im Haus von professionellen Fliesenlegern verlegen lassen, z.B. die beiden Bäder und die Küche. Das an die Küche angrenzende Esszimmer traute ich mir aber selbst zu.

Ich hatte etwa die halbe Nacht damit verbracht, das zu vollbringen und erschien übernächtig aber stolz am nächsten Morgen an der Baustelle. Die Profis, die bereits an der Arbeit waren, verhielten sich eher wortkarg. „Ja seid's denn ihr wahnsinnig", schrie der Fliesen-Kapo von der Tür, als er meines Werkes ansichtig wurde. Die anderen deuteten heimlich frenetisch auf mich, worauf der Kapo schlagartig Lautstärke und Tonart änderte und sich ein „Na ja, so schlecht ist das gar nicht" abrang.

Aber das hat noch nichts mit Massenermittlung zu tun! Eines Tages lag ich gerade mit der Holzdecke im Wohnzimmer im Installationskampf, als ich gewahr wurde, dass Lastwagen offensichtlich damit beschäftigt waren, den restlichen Aushub von meinem Grundstück abzutransportieren. Schön, dachte ich, wieder ein Stück weniger Baustelle. Ansonsten aber schenkte ich dem Geschehen keine weitere Beachtung. Erst als der Lastwagenfahrer am Spätnachmittag an meiner Holzdeckenbaustelle erschien und mir einen Zettel hinhielt, den ich unterschreiben sollte, änderte sich das. Meine Unterschrift hätte bestätigen sollen, dass man 25 LKW-Ladungen abgefahren habe.

„Ich habe zwar nicht wirklich auf euch geachtet", sagte ich dem Mann mit seinem Zettel, „aber soviel kann ich sagen, dass ihr nie und nimmer 25 mal gefahren seid." „Ich brauche aber den Beleg, dass ich hier gewesen bin", brauste mein

Gegenüber auf. Das würde ich ihm bestätigen, erwiderte ich ihm, nicht aber seine 25 Fuhren.

Böses ahnend befragte ich unseren ortsansässigen Bauunternehmer, was so ein LKW denn eigentlich mit einer Ladung transportieren könne. „Da geht man üblicherweise von 10 Kubik aus", sagte er. Und fügte dann noch hinzu: „Wohin fahren die das eigentlich, wir haben doch hier am Ort eine Bauschuttdeponie".

Nun hatte ich das ursprüngliche Gelände zwar nicht aufgemessen, aber das ließ sich relativ leicht rekonstruieren. Meine Berechnung ergab ca. 110 cbm! Der Auflockerung des Bodens müsse man in etwa 20-30% zubilligen, hatte mir der Bauunternehmer noch gesagt. Somit hätten sich maximal 140 cbm gegenüber 250 aus den 25 LKW-Fahrten ergeben. Was dem ganzen aber wirklich die Krone aufsetzte, war die Antwort meines Bauleiters, dem ich dieses Missverhältnis wenige Tage später berichtete. „Das ist schon ganz schön frech, wir haben doch gleich während der Aushubarbeiten 80 Kubik abgefahren".

Mein nächster Weg führte mich in die Industrie- und Handelskammer. Dort verblüffte man mich mit der Empfehlung, halt zu versuchen, die Abfahr-Firma um 50 cbm herunterzuhandeln. Ob ich sie meinerseits mit meinem „Ihr seid ja die gleichen Verbrecher wie diese Firma" verblüfft habe, kann ich mir eher nicht vorstellen. Sie wissen es ja schließlich. Letztlich hat mich die Auskunft meines Architekturbüros, dass ja ein Festpreis vereinbart sei und ich mich darum nicht kümmern müsse, vor weiterem Ärger bewahrt.

Unser Studiengang Vermessung an der FH war nicht allein für die Ausbildung von Vermessungsstudenten verantwortlich, wir sollten auch die angehenden Bauingenieure mit rudimentären Kenntnissen erforderlicher Vermessungsarbeiten auf der Baustelle vertraut machen. 2 Semester später war es an mir, diese Aufgabe zu übernehmen. Als ich die Namensliste der Studenten überflog, fiel mir **ein** Name ins Auge. Es war **der** Name der Erdbau-Firma. Vor mir saß offensichtlich der Sohn des Firmeninhabers.

Ich habe eine volle Vorlesungsstunde auf den Umstand der üblichen Betrügereien bei der Massenabrechnung im Allgemeinen und die beispielhafte Schilderung meines ganz speziellen Falles im Besonderen verwendet!

Sao Paolo und zurück

Eine Einladung, auf einem UNO-Seminar für Entwicklungsländer zu referieren, das dem Spezialgebiet unseres Hochschulinstituts, der „Satellitengeodäsie", gewidmet war, gepaart mit der deutlichen Direktive aus der Bundeshauptstadt, dass diese Einladung als eine Verpflichtung anzusehen sei, hatte mich mit einem Flugticket nach Brasilien ausgestattet. Allerdings landete ich dort nicht auf direktem Wege, denn wenn sich mir schon einmal die Gelegenheit bot, meinen Traumkontinent Südamerika zu betreten, so wollte ich auch mein Traumgebirge, die Kordilleren, wenigstens sehen. So hatte ich einen Zwischenstopp im kolumbianischen Bogotá und im bolivianischen La Paz dem Reisebüro, das für die Ausstellung des Tickets zuständig war, zur Bedingung gemacht. Verholfen hatte mir zu dieser Reise aber sicherlich auch der Umstand, dass meine wissenschaftlichen Kollegen – obwohl möglicherweise besser prädestiniert – vor einer solchen Reise viel zu viel Angst hatten. Man schrieb immerhin erst das Jahr 1974 und da war es noch nicht gang und gäbe, dass 10-Jährige bereits lässig von Thailand und Tobago sprachen.

Letztlich war ich dann doch in Sao Paolo gelandet, hatte dort eine – im wahrsten Sinne des Wortes, nicht im übertragenen – heiße Nacht, so dass ich mich noch mitten in der Nacht zu einem Spaziergang entschloss und war anderntags mit dem Bus in das ca. 100km entfernte Sao José dos Campos, unseren Tagungsort, gefahren. Das Seminar war auf 14 Tage anberaumt, wovon allerdings nur die ersten 7 Tage meinem Fachgebiet gewidmet waren. Das Ganze verlief bestens organisiert, wir hatten gute fachliche Gespräche und natürlich auch feucht-fröhliche Abende, der Vertreter der UNO war sehr angetan von mir und gab mir zu verstehen, dass er es sehr begrüßen würde, wenn ich mich bei der Weltorganisation für internationale Projekte bewerben würde. Als besonderen Köder legte er für mich den Aufbau des nepalesischen Vermessungssystems aus.

Einen freien Tag nutzte ich für einen Ausflug an die fantastisch bizarre Küste. Das war nicht nur ein in jeder Hinsicht großartiges Erlebnis, sondern ließ in mir den sicherlich schon latent vorhandenen Entschluss feste Formen annehmen, mich für den zweiten Teil des Seminars zu verabschieden und mich nach Rio de Janeiro davon zu stehlen. Mein amerikanischer Kollege hatte übrigens gleiches im Sinn. Allerdings wollte er von Sao Paolo aus fliegen, während ich bewusst die lange Busreise wählte, um auf diese Art und Weise ein wenig vom Land zu sehen. Wir verabredeten aber, uns nach Möglichkeit in Rio zu treffen.

Und nun war ich also tatsächlich in Rio de Janeiro! Ich habe es schon von jeher so gehalten, dass ich eine Stadt, eine Region gerne auf eigene Faust erkunde und mir nicht von irgendwelchen Reiseführern vorschreiben lasse, wo ich logieren, was ich besichtigen und wo ich zum Essen einkehren solle. Und ich gebe auch gerne gleichzeitig zu, dass meine Frau, die vor und während einer Reise eine ganze Kollektion solcher Bücher intensiv studiert, daraus das eine oder andere Mal auch einen nützlichen Hinweis extrahiert – mir ist das Sich-Überraschen-Lassen, das Selber-Entdecken immer noch lieber. Also suchte ich mir zunächst einmal ein möglichst günstiges Hotel, nicht zu weit vom Busbahnhof entfernt, denn ich hatte ja schließlich Gepäck mit mir herumzuschleppen. Nachdem ich mich etabliert hatte, beschloss ich diesen Abend gleich mit einem anständigen Dinner zusammen mit dem Amerikaner zu beschließen. Offensichtlich hatte auch er beschlossen, es sich nach den Strapazen des Seminars noch gut gehen zu lassen, denn es stellte sich heraus, dass sein Hotel direkt an der Copa Cobana gelegen war. Es wurde ein netter Abend und das Essen war ausgezeichnet.

Meiner Planung nach hatte ich eigentlich nur weitere 1 ½ Tage zur Verfügung und so machte ich mich anderntags als erstes auf, um dem weltberühmten Strand einen Besuch abzustatten. Und ich wurde nicht enttäuscht! Ein breites Band aus sauberem Sand schien endlos hingebreitet und jenseits der Uferstraße prangten prachtvolle Appartementhäuser, Hotels und Firmengebäude. Die Brandung schlug mit beachtlichen Wellen auf den Strand und das schlagende und mahlende Geräusch ließ den Verkehrslärm völlig untergehen. Wenn ich hier Rimini-Verhältnisse in puncto Badegastkonzentration erwartet hatte, so wurde ich mehr als angenehm überrascht: Der Strand war ausgesprochen spärlich bevölkert. Aber die Spärlichen waren so spärlich bekleidet und die Mulattinnen von einer so unglaublichen Mulattinnen-Farbe, dass es einen biederen Westeuropäer schon umhauen konnte.

Natürlich wollte ich aber zuhause nicht nur von spärlich bevölkerten Stränden (die spärliche Bekleidung würde ich der Zuhörerschaft entsprechend einfließen lassen) berichten, ich wollte auch erzählen können, dass ich an der Copa Cobana gebadet habe. Nur – seltsamerweise war kein Mensch im Wasser. Das wird denen wahrscheinlich im Oktober noch zu kalt sein, dachte ich mir. Und dann tauchte ich mutig in die mannshohen Wellen. Glücklicherweise tat ich das in der Nähe einer Gruppe von Volleyball spielenden schwarzen Musterathleten. Erst nachdem ich durch eine Reihe von Brandungsbrechern hindurchgetaucht war, wurde mir bewusst, dass ich das ja in umgekehrter Richtung auch tun müsste. Ich bin mir sicher, dass die Volleyballer den dummen Gringo von Anfang an im Auge hatten. Als sie merkten, dass ich mich wieder in Richtung Strand orientierte – und mir plötzlich meiner Situation bewusst wurde – sprang einer von ihnen ins Wasser und deutete mir, immer vor mir her schwimmend, an, wann ich lospaddeln sollte und wann ich mich ruhig verhalten sollte.

Ich war jedenfalls sehr glücklich, als ich der sich überschlagenden, saugenden Brandung wieder entkommen war und ich dachte, dass mir das eine Lehre gewesen sei.

Zu Silvester 2006 war ich noch einmal in Rio, zusammen mit meiner Frau und – dank tchibo – zu einem sagenhaften Preis. Unser Hotelzimmer im 7. Stockwerk bot einen wundervollen Blick über den Strand zwar nicht der Copa Cobana aber von Ipanema. Und da besteht kein großer Unterschied. Die Brandung war hier bei weitem nicht so, wie ich sie in Erinnerung hatte, aber es waren Bereiche durch rote Pflöcke markiert, die man der Strömung wegen meiden sollte. Und ich mied und ging rechts einer solchen ausgepflockten Region ins Wasser. Kaum war ich aber etwa 40-50 m vom Ufer entfernt, merkte ich, wie es mich unweigerlich nach links zog und ich versuchte verzweifelt wieder Heimatland zu erreichen. Ich schaffte es auch wieder bis knapp 20 m vor den Strand, dann schien das Meer sich einen Spaß mit mir zu machen. Ich paddelte und paddelte und das Meer lachte und trieb mich hierhin und dorthin. Diesmal bestand zwar keine direkte Gefahr, denn der Strand war relativ dicht bevölkert, aber es war ein alter Mann, der mich schon von Anfang an im Auge behalten hatte und der mich dieses Mal wieder heraus lotste: Er deutete mir an, ob und wann ich nach rechts oder links schwimmen sollte und tatsächlich hatte ich kurz darauf wieder Land unter den Füßen. Allerdings war er nicht der einzige, der sein Augenmerk auf mich gerichtet hatte. Als ich gerade dabei war mich abzutrocknen, wurde ich von einem Weiß-Gekleideten auf Englisch angesprochen, ich solle in Zukunft lieber nur bis zum Bauch ins Wasser gehen! Als er mir den Rücken kehrte, konnte ich auf seinem T-Shirt „Life-Guard" erkennen.

Ich weiß nicht, ob ich es in diesem Leben noch einmal nach Rio schaffen werde, aber die beiden Lektionen würde ich ganz sicherlich im Erinnerungsgepäck mit mir tragen!

Doch zurück zum Oktober 1974, der Copa Cobana Brandung noch einmal entkommen. Ein bisschen wenigstens wollte ich von der Stadt sehen und trödelte durch die Straßen, studierte die Geschäfte, die Kneippen und die Menschen – und fand nebenbei auch die „Lufthansa" Vertretung. Meinen Flug zurück nach München möge man mir bitte bestätigen. Die hübsche LH-Angestellte, der ich mein ticket vorgelegt hatte, schenkte mir ein vielversprechendes Lächeln und verschwand mit meinem „Beförderungsausweis" in einem angrenzenden Raum. Verschwand – und erschien nicht mehr! Zumindest nicht für gut ¼ Stunde. Auch dann erschien sie nicht direkt, sondern nur als Anhängsel eines eher unkonzilianten Herrn. Dieser eröffnete mir, dass ich eigentlich gar nicht hier sein dürfe, weil ich den Flug ja schon dreimal unterbrochen habe und dass ich jedenfalls nicht befugt sei, in Rio den zwar für mich reservierten Platz im Flugzeug nach München einzunehmen. Ob ich dann also schwimmen solle, wollte ich von dem deutschgeprägten LH-Vertreter wissen. Nein, das wolle man mir nicht zumuten, wurde mir bedeutet, aber den gebuchten Flug könne ich nur ab Sao Paolo antreten. Im Klartext: Ich musste mit dem Bus zurück nach Sao Paolo und dort einchecken!

Das brachte meinen Zeitplan einigermaßen durcheinander. Denn ebenso wie das Bad an der Copa Cobana war schließlich entweder der Besuch des Zuckerhuts oder des Corcovado ein Muss! Ich entschied mich für den Corcovado mit seiner hässlichen Christusfigur und begab mich also zu dem Platz, von dem eine Art Zahnrad-Straßenbahn dort hinauf führt. Die letzte sei soeben abgefahren, wurde mir mit bedauerndem Unterton eröffnet. Ob man da auch zu Fuß hinauf könne? Ja, ja – keiner schien das ernst zu nehmen – da müsse man so und so gehen. Und die Auskunftgeber lachten herzlich. Zugegeben, es war bereits finster, als ich am Gipfel stand, aber kein Tagesanblick kann bieten, was ich gesehen habe! Es war eine unglaublich schöne Lichterparade, die sich tief unter mir um die Buchten schmiegte und ich war gar nicht mehr böse, dass ich die letzte Bahn verpasst hatte. Etwas unterhalb gab es ein Restaurant, wo ich mich mit einem vorzüglichen Steak mit Brokkoli und vorzüglichen Kartoffeln für den Abstieg stärkte. Und dann tastete ich mich in nahezu vollkommener Finsternis, begleitet von den exotischen Sprachen exotischer Vögel und ruhegestörter Affen zurück zu meinem Hotel. Möglich, dass man heute einen solchen Ausflug nicht mehr überleben würde. Aber ich glaube, dass sich die Verbrechen eher in den hell erleuchteten Regionen zutragen und dass kein Räuber auf die Idee käme, dass sich nachts ein Gringo auf dem Abstieg vom Corcovado befinden könnte.

In aller Frühe, am nächsten Tag, bin ich mit dem Bus in gut 7 Stunden nach Sao Paolo gefahren und habe dort den für mich reservierten Platz im Flugzeug eingenommen. In nicht ganz 30 Minuten landeten wir für den vorgesehenen Zwischenstopp in Rio de Janeiro!

Sonnenuntergang

Das Zelt im Fond unseres Peugeot-Kombi, die Räder auf dem Dach – so waren wir in den Urlaub gestartet. Das generelle Ziel war klar, die Route völlig offen.

Wir beide, meine Frau und ich, hatten immer noch eine Weltuntergangsnacht auf einem Hochplateau der Auvergne sehr lebhaft in Erinnerung. Damals waren wir noch im Familienverbund unterwegs, mit drei Kindern – nun ja, zwei Kindern und einem fast schon Jugendlichen. Wir waren auf dem Heimweg von einem sehr schönen und abwechslungsreichen Urlaub in den Pyrenäen. Damals waren wir mit einem kleinen Campingbus unterwegs. Er bot gerade dem Nachwuchs einen Unterschlupf für die Nacht. Wir beiden mussten – gelegentlich auch durften, wenn die kriegerischen Auseinandersetzungen der „Kleinen" wieder einmal zu unerträglich wurden – unsere müden Familienoberhauptshäupter im Zelt lagern. So auch an diesem Abend in der Auvergne. Schon während des Abendessens, das teils im Bus, teils am Campingtisch im Freien eingenommen wurde, deutete sich Ungutes an: Es war absolut windstill, obwohl sich am Horizont gewaltige Wolkenwalzen türmten. Die sprichwörtliche Ruhe vor dem Sturm! Und dann brach es über uns herein. Die Blitze waren so nah, dass Blitzstrahl und Donner praktisch synchron über uns herfielen, der Regen fühlte sich eher an wie die Brecher einer Brandung, der Sturm zerrte an unserem Zelt und legte es sichtlich darauf an, meine – wohlweislich doppelten – Verankerungen ad absurdum zu führen. In diesem Höllenspektakel fühlte sich meine Frau verpflichtet – wenn schon Weltuntergang – diesen dann mit den Kindern durchzustehen. Was keineswegs von diesen honoriert wurde. Denn was ich bei gelegentlichen Unterbrechungen des Gewitterlärms mitbekam, wurde ihr sorgenvoller Beistand eher als weitere Beschränkung des ohnehin knappen Schlafraums empfunden.

Wie man ohne große Mühe rückschließen kann, haben wir den Weltuntergang überlebt! Und nachdem sich aufregende Momente immer besser – und mit zunehmendem Abstand verklärter – in der Erinnerung halten, als gewöhnlich schöne Strände, schönes Wetter oder schöne Stimmungen, wollten ich – und mit einiger Überredung – auch meine Frau noch einmal in die Auvergne.

Um es in einer kurzen Aussage zusammenzufassen: Wir haben es nicht nur nicht bereut, wir waren begeistert. Und obwohl uns ein ähnlich spektakuläres Unwetter erspart geblieben ist, haben wir sehr viel Schönes in unserer Erinnerung gespeichert. Da ist zunächst einmal der Umstand, dass uns in drei Wochen ganze drei Autos mit deutschem Kennzeichen begegnet sind! Dass wir eine herrliche Landschaft kennengelernt und immer relativ problemlos einen Platz für unser abendliches Zelt gefunden haben. Und was für Plätze! Die Auvergne ist ja – zusätzlich zu ihrer mittelgebirglerisch geprägten Topografie – mit einer Unzahl von Vulkankegeln, den „Puys" gesegnet. Mit anderen Worten, es ist eine sehr abwechslungsreiche, bewegte Landschaft. Was einem hochgebirglerisch geprägten Besucher natürlich sehr viel mehr Sympathie abnötigt als flaches Land oder eintönige – und überdies deutsch besiedelte – Sandstrände. Und wir hatten erinnerungswürdige Begegnungen.

Es ist ein Sonntag, wie er sonntäglicher nicht hätte sein können. Die vermeintlichen Hörnchen, die ich mit dem Rad für unser Frühstück ergattert habe, stellen sich zwar als reichlich fette Pastetengebilde heraus, aber der Morgen ist so frisch und farbenfroh, die Weiterfahrt hinauf zum Pas de Peyrol so reizvoll, dass ich diesen Fehlkauf bald verschmerzt habe. Eine luftige Gratwanderung, dann ein wie für uns angelegter Kanzelplatz hoch über dem Tal für die Lammkoteletts mit Couscous – und danach schießen wir mit den Rädern 15 km talwärts. Die ich natürlich wieder hinauf muss. Aber das ist gewollte Arbeitsteilung, ich kann mich austoben und mein Weibchen genießt eine Stunde oder zwei ohne mich mit der Nase im Buch.

An der Église in Cirgues de Jordanne habe ich sie hinterlassen und auch wieder unversehrt aufgefunden. Dann kurven wir erneut bergwärts, einem Platz zu, den ich schon von unten als Nachtquartier auserkoren habe. Ein zwar eigentlich abgesperrter Seitenweg bringt uns tatsächlich an unser anvisiertes logis. Wie auf einer Terrasse dinieren wir Pommes de terre und Fromage, Vin du Côtes d'Auvergne und Macon, genießen den Ausblick über das Tal und das Ausklingen des Tages. Kurz vor Dunkelwerden gesellen sich noch eine Familie aus der Normandie mit zwei reizenden Lausbuben und ein „Artist" mit Hund zu uns. Der Artist tritt – wie wir erfahren – als Mime bei Jahrmärkten auf. Er fährt einen R4 mit Aufbau, welcher sich als Schlafzimmer des Artisten herausstellt. Überhaupt scheint dieser abenteuerliche fahrbare Untersatz sein einziger Besitz zu sein.

Glockenläutende Kühe machen uns darauf aufmerksam, dass ein neuer Tag begonnen hat. Das heißt, eigentlich ist es des Artisten Hund, der sich durch das Glockengeläute so gestört fühlt, dass er die Störenfriede mit lautem Gebell zurechtweisen will, was dann uns stört bzw. zum Aufstehen bewegt. Am meisten stört es aber den Artisten. Er springt aus seinem Balkonbett, fängt sich den Hund, nimmt ihn in den Arm, redet beruhigend auf ihn ein und vermittelt dann eine unmittelbare Hund-Kuh-Begegnung, Schnauze zu Schnauze. Und der Hund gibt keinen Ton mehr von sich! Die Ohren zittern zwar noch vor innerer Rebellion und der Blick spricht Bände, aber er ist ein Wunderhund an Beherrschung. Das fällt mir jedesmal auf, wenn ich mich auf französischem Territorium bewege, dieses vertraute Verhältnis zwischen Herr und Hund, die ruhige Disziplin des Franzosen-Hundes gegenüber dem Gekläffe deutscher Köter und dem dümmlich dreisten Besitzerstolz-Lächeln deutscher Hundehalter.

Es wird ein heißer Tag, mittags sind wir froh um ein schattiges Plätzchen. Fast zu heiß für die Hammelkoteletts aus der Pfanne, aber wenn man keinen Kühlschrank hat, muss man zu dem stehen, was man am Vortag eingekauft hat. Am Nachmittag fällt er mir ins Auge, steht wie eine Fata Morgana am Horizont, zieht den Blick unwillkürlich auf sich: Unser heutiger Nachtplatz! Ein Puy, der einsam und ohne konkurrierende Nachbar-Puys seine ebenmäßige Busenform in den hitzeflimmernden Himmel hebt – und an dessen Kulminationspunkt das gewaltig ausladende Blätterdach eines gewaltigen Baumes, einer Buche oder Kastanie, auszumachen ist. Eigentlich ist es noch viel zu früh am Tag, um schon an den Abend zu denken, aber das Blätterdach zusammen mit der Höhe versprechen Kühle und so steuere ich zielstrebig auf unsere Fata Morgana zu. Natürlich stellt sich die Frage, ob es auch eine Zufahrt zu dem Puy an sich und seinem Gipfel in Sonderheit gibt und wenn ja, ob uns dann nicht ein großes „Acces interdit" ausbremsen wird. Als wir endlich den Weg zum Fuß unseres Puys gefunden haben, finden wir zu unserer großen Freude heraus, dass es auch einen Zufahrtsweg zu unserem Traumplatz gibt – und dass unserem Unternehmen kein Schild im Wege steht. Bei der Begehung des Weges wird mir allerdings klar, dass man hier auf natürliche Auslese setzt: Die aus dem ungefähren Planum hervor ragenden Felsengebilde bedürfen schon einer ausgeklügelten Routenwahl. Meine Frau entzieht sich denn auch mit unverhohlener Einschätzung meines Geisteszustandes, dass ich das überhaupt probieren wolle, der allgemeinen Verantwortung und verlässt mich mit der Mitteilung, dass sie mich – falls überhaupt – am Gipfel erwarte.

Ich muss zugeben, dass ich mir selbst ziemlich kühn vorkomme, aber ich schaffe es, ohne dass ich nun an diversen Stellen einen freien Blick durch das Bodenblech zur Landstraße hinunter hätte. Und nun steht das Transportmittel unserer Wohnungseinrichtung im Schatten dieses imposanten Baumes – übrigens einer Buche – die Wohnung, sprich das Zelt, steht etwas außerhalb, dort wo man den weitesten Blick hat und die Wohnungseinrichtung, unseren Campingtisch mit den zwei Stühlen, habe ich im Halbschatten postiert. Mit einem Gläschen Begrüßungswein in der Hand drehen wir zunächst einmal eine Runde um unseren Gipfel, freuen uns an der Aussicht, an der Tatsache, dass wir hier sein dürfen und dass es solche Fleckchen in unserem überbevölkerten Europa noch gibt. Und dann schwelgen wir wieder in Arbeitsteilung, mein Weibchen genießt die Abendsonne und ein Buch, ich hantiere in der open-air-Küche und degustiere zwischendurch den für das Essen vorgesehenen Roten.

Es ist herrlich hier oben, uns stört kein Lärm, kein Gestank und kein Geschwätz. Die Sonne rutscht immer weiter in Richtung Horizont und testet bereits ihre Farbmöglichkeiten und wir freuen uns auf das immer wieder faszinierende Schauspiel des Sonnenuntergangs. Da dringt plötzlich ein ziemlich asthmatisch klingender aber trotzdem unverkennbar als Autogeräusch identifizierbarer Lärm an unsere Stille verwöhnte Ohren. Und tatsächlich schiebt sich ein ziemlich betagtes Vehikel in unser Blickfeld. Damit nicht genug, erkennen wir, dass hinter ihm im blauen Dunst der Auspuffgase ein mittlerer Fußtrupp naht. Dem betagten Gefährt entsteigt ein nicht minder betagter Graukopf, der, ohne uns eines Blickes zu würdigen, sich zur Beifahrertür begibt und diese schwungvoll aufreisst. Ich schätze den Fahrer auf etwa 70, was sich dann vom Beifahrersitz erhebt, ist sehr viel schwerer einzuordnen. Es ist unzweifelhaft weiblich, aber ob der alte Herr da seiner Frau, Schwester oder Mutter aus dem Wagen hilft, das vermag ich nicht zu sagen. Inzwischen ist auch das munter plappernde Fußvolk eingetroffen und allmählich gewinne ich den nicht gerade beruhigenden Eindruck, dass wir hier dem Besitzer des Puys gegenüberstehen, der seinen Pensions- oder Hotelgästen das Sonnenuntergangsspektakel als zusätzlichen Service des Hauses präsentiert. Aber bislang hat uns noch kein böser Blick getroffen, eigentlich hat man uns geradezu ignoriert.

So präpariere ich meine Kamera, halte Ausschau nach einem geeigneten Vordergrund, warte gleichfalls auf das Sonnenabtauchen – und auf eine Standpauke, was wir denn hier oben verloren hätten und die eventuell folgende Vertreibung aus dem Paradies. Aber zunächst sind alle vollauf mit der Bewunderung des immer wieder grandiosen Naturschauspiels ausgelastet. Als dann die glühende Scheibe endgültig unter dem Horizont verschwunden ist, nur noch ein breiter Saum aus allen Facetten der Farbe Rot am Himmel hängt, da kommt die alte Dame auf uns zu. Sie entschuldigt sich auf diese herrlich umständliche Art der französischen Sprache, dass sie uns hier gestört hätten und wünscht uns noch einen schönen Abend. Ich falle aus allen Wolken, finde nicht im Entferntesten die Worte, die ich daraufhin erwidern möchte, ja, müsste. Aber ganz ist es noch nicht ausgestanden: Als der Fahrer seine Begleiterin wieder im Auto verstaut hat, kommt er finster blickend auf mich zu: „Vous restez ici la nuit?" fragt er vermeintlich drohend. Ja, also wir hätten es gegebenenfalls vorgehabt ... Aber weiter komme ich nicht. „C'est bon, c'est bon, bonne nuit!" bellt er mich an und schiebt sich hinter sein Steuerrad.

Ja, es war in der Tat eine fantastische, eine gute Nacht. Bereits um 4 Uhr krieche ich aus dem Zelt und verbrauche frierend beinahe einen ganzen Film, um sämtliche Phasen des werdenden Tages einzufangen.

Verkehrsordungsverstoß

Dazu bedarf es Dreierlei: 1) einer Verkehrsordnung, gegen die man verstoßen kann, 2) eines unbotmäßigen Individuums, das einen ganz bestimmten Bereich dieser Verordnung missachtet und somit gegen sie verstößt und 3) eines „Organs", das den Verstoß registriert, beanstandet und – als Folge davon – ahndet.

Dass eine Verkehrsordnung sinnvoll und notwendig ist, wird niemand – es sei denn der pure Anarchist – bestreiten. Ob die Verkehrsordnung im Detail immer sinnvoll ist, darüber hingegen lässt sich gelegentlich streiten. Nun muss man auch dabei präzisieren: An Geboten wie „Du sollst im Parkverbot nicht parken" oder „Du sollst eine Kreuzung nicht queren, wenn die Ampel auf Rot steht" ist ernsthaft nichts zu bemängeln. Bemängeln lässt sich aber im Einzelfall sicherlich, ob es an dieser Stelle überhaupt eines Parkverbots bedarf bzw. ob die Ampel dort nicht ohnehin überflüssig oder unsinnig ist. Nein, das ist nicht dasselbe. Ich glaube, dass man getrost 20% der Ampeln umsägen könnte, weil sie überflüssig sind. Es gibt aber diverse Situationen, wo eine Regulierung aus verkehrstechnischer Sicht und aus Gründen der Sicherheit sinnvoll und von Nöten ist, wo aber eine Ampel unsinnig ist.

Ein Paradebeispiel dafür habe ich mehr oder weniger vor der Haustüre. An der Einmündung unserer Gemeindeverbindungsstraße in die B27 wurde als erstes eine Geschwindigkeitsbegrenzung auf 60 Km/h installiert, weil die planerische Geschwindigkeit unseres zuständigen Straßenbauamtes für die Entschärfung des (angeblichen) Gefahrenschwerpunktes nicht adäquat war. Tatsächlich ist das eine ausge-

sprochen übersichtliche Verkehrsanbindung und das laut-
starke Verlangen insbesondere aus unserer Gemeinde rührte
vor allem daher, dass Verkehrsteilnehmer gelegentlich 2
Minuten warten mussten, bis sich endlich eine Einfahrts-
möglichkeit in die vorfahrtsberechtigte Bundesstraße ergab.
Dass sie jetzt völlig unsinnigerweise 2 Minuten von einer
Ampel ausgebremst werden, obwohl weit und breit weder
von links oder rechts noch von vorne oder hinten Verkehrs-
konkurrenz zu erblicken ist, scheint manchem erst nach der
Installation dieses Ampelmonstrums klar geworden zu sein.
Das Wortgebilde „Ampelmonstrum" steht hier übrigens
nicht nur, weil ich mich beim Niederschreiben und Ausfor-
mulieren an meiner eigenen Kreativität delektiert hätte, es
hat schon auch einen realen Hintergrund, auf den ich noch
zu sprechen komme.

Unabhängig von der konkret angesprochenen Situation, an
der – Sie vermuten richtig – ich mich durchaus noch ein
wenig festbeißen werde, ärgert mich nichts mehr als eine
uneingeschränkt übersichtliche, ampelgesteuerte Kreuzung,
an der ich ungehindert und ohne jemanden zu behindern,
links abbiegen könnte, mich aber die stur und rechthaberisch
ausgestrahlte Farbe Rot verkehrsrechtlich daran hindert.
Allerdings sind am Horizont Fahrzeuge zu erkennen, die
sich aus meiner Gegenrichtung mit zügiger Geschwindigkeit
– und im Vertrauen auf das ihnen weit entgegenleuchtende
Grün – nähern. Und dann kann man die Ampel förmlich
„Ätsch" sagen hören! Kurz vor Erreichen der Kreuzung
wechselt Grün auf Gelb, was bei dem einen einen zusätzlichen Kraftakt gegen das Gaspedal bewirkt, während der
andere resigniert und gleichermaßen wütend auf die Bremse
steigt. Wäre ich ein Sadist, würde ich jetzt mit genüsslichem

Grinsen meinen schon seit Stunden durch fortgesetztes Blinken angedeuteten Abzweig nach links in die Tat umsetzen. Natürlich setze ich um. Und natürlich bin ich irgendwo ein Sadist, aber nicht auf Kosten meiner gleichermaßen verarschten Verkehrskollegen auf der gegenüberliegenden Seite! Wenn ich allerdings in diesem Moment einen sich in ihrer Unfähigkeit sonnenden amtlichen Verkehrsplaner in greifbarer Nähe hätte, so würden mir – das dürfen Sie mir glauben – ein ganzes Arsenal an nuanciert abgestimmten Strafmaßnahmen einfallen.

Zurück zum konkreten Fall: Ich habe damals wirklich alles versucht von Leserbrief bis zum Brief an den zuständigen Minister, von Überzeugungsarbeit aufgrund von Erfahrungen in Ländern wie England und Frankreich bis zu der zusätzlich eingeholten Expertise eines diesbezüglich weltweit anerkannten Experten – an manchen verbeamteten Ingenieursgehirnen prallt so etwas ab wie ein lauer Wind!

Die Aussage des Experten lautet übrigens: Ein Kreisel als Kreuzungselement zweier Straßen ist nachweislich die sicherste, verkehrstechnisch optimale und kostengünstigste Lösung. Sicher – auch an einer Ampel garantiert mir niemand, dass nicht von irgendjemandem die Farbe Rot übersehen oder unbeachtet gelassen wird, dass jemand ein Kreiselgebirge ignoriert hätte, habe ich noch nie gehört. Verkehrstechnisch optimal – ein Kreisel ermöglicht mir in der Regel die schnellste Verwirklichung meiner Abbiege- oder Querungsabsichten, ein sinnloses Verweilen vor einer völlig unfrequentierten Kreuzung entfällt. Kostengünstig – ein Kreisel kostet ca. ein Drittel weniger als eine Ampelanlage. Und hat – abgesehen von einigen Gärtnerstunden pro Jahr – keinerlei Unterhaltskosten. An „unserer" Ampelanlage taucht im Schnitt einmal im Monat ein Servicefahrzeug auf. Und verweilt dort meist auch einen ganzen Tag!

Und damit bin ich noch einmal beim „Monstrum". Vermutlich aus künstlerischen Gesichtspunkten heraus – denn aus verkehrstechnischer Sicht scheint mir das nicht zwingend – hat man die Kreuzung mit ca. 9 m langen Peitschen bestückt. Dass es dafür eines Fundaments bis beinahe nach Australien hinunter bedarf, dürfte auch einem Laien ersichtlich sein. Die Anlage war noch keine 2 Monate in Betrieb, da hat sich ein mittlerer Sturm erdreistet, das Gewerk zu testen. Sehr anstrengen hat er sich nicht müssen!

Der Gipfel aber war, dass man uns dieses Machwerk als „intelligente" Ampel verkauft hat. Nun ja, dümmer als diejenigen, die es dorthin gestellt haben, ist sie nicht. Intelligenter aber auch nicht!

Falls Sie, verehrte Leserin, geneigter Leser, sich bis hierher überhaupt noch des Titels entsinnen, so werden Sie sich vermutlich fragen: „Wann fährt er denn nun endlich bei Rot über diese so geschmähte Ampel?".

Ja, gejuckt hat es mich oft genug, aber irgendwie obsiegt dann doch immer die Furcht vor der geballten Video-Präsenz: Wer weiß, ob dieses Kamera-Geschwader nicht nur die „Intelligenz" der Ampeln unterstützt, sondern auch unbotmäßige Verkehrsteilnehmer registriert. Nein, ich bin also (noch) nicht bei Rot über **diese** Ampel **gefahren**. Aber ich bin schon bei Rot über ampelregulierte Kreuzungsbereiche **gegangen.**

Es war in München, zu einer Zeit, wo man mit staatlichen Verkehrsorganen noch diskutieren, reden, sich herausreden konnte. Ich war in Eile und überquerte eines Abends eine

Straße, obwohl die Fußgänger-Ampel Rot zeigte. Nachdem ich das nicht blind tat, sondern mein Augenmerk auf den Verkehr gerichtet hatte, bemerkte ich den Polizeibeamten auch erst, als er mich auf der anderen Seite abfing. 10 DM schienen ihm für diese Übertretung eine angemessene Buße. Es gab nichts abzustreiten und mich auf eine längere Diskussion einzulassen, hatte ich nicht die Zeit. Folglich sagte ich zwar, dass ich das „für einen ziemlichen Schmarren" hielte, zückte aber nichtsdestoweniger meinen Geldbeutel und übergab einen entsprechenden Geldschein. Natürlich kam mir das spanisch vor, dass ich dafür nicht einmal eine Quittung erhielt. Aber, so sagte ich mir, auch wenn du mir mit deiner Übereifrigkeit unsympathisch bist, ist es mir trotzdem noch lieber, **du** kaufst dir davon eine Schweinshaxe und eine Halbe Bier, als dass das Staatssäckel mit meinen 10 DM gefüttert wird. Einigermaßen angefressen machte ich mich grußlos auf den Weiterweg. Ich war gerade 8 ausholende Schritte vom Geschehen entfernt, als mich ein unverkennbar polizeigeschulter Ruf innehalten ließ. Als ich mich umdrehte, kam mir der Abzocker entgegen und fragte „San Sie verheirat?" Mir war zwar unklar, was das mit der Situation zu tun haben sollte, aber, nachdem ich – wie gesagt – in Eile war, bejahte ich das einfach. Daraufhin reichte mir der Verkehrsordnungs-Wauwau meinen Geldschein und fügte hinzu: „Dann bringen'S Ihrer Frau heut Abend a paar Bluama mit!" Sprachs, grüßte und ging – wohl einer weiteren Frau zu einem unerwarteten Blumengruß zu verhelfen.

Es war – damals – doch noch Verlass auf die Münchner Polizei.

Unser Campingtisch

Um sein Alter zu bestimmen, reicht mein Erinnerungsvermögen nicht mehr aus. Da müsste man schon auf die Carbon-Methode zurückgreifen. Immerhin kann ich anhand von Dias 28 Jahre gesichert zurückdatieren.

Es war ein Dolomitenurlaub, wie er damals noch möglich war. Wir standen mit dem Zelt an einem hinter Lärchen versteckten, ebenen Platz, unmittelbar neben einem grüngischtenden Bergbach. Mein damaliger Kletterpartner kannte dieses herrliche Fleckchen oberhalb von Cortina d'Ampezzo von früheren Unternehmungen her und auch wir beide – die neuformierte Seilschaft – hatten hier schon zweimal erwartungsvoll beim ersten Tageslicht aus dem Zelt geschaut, ob das Wetter heute mitspielen würde und abends am Lagerfeuer den erfolgreichen Tag mit einer Flasche Chianti beschlossen. Und nun wollte ich meiner Familie etwas von diesen unbeschwerten Tagen zurückgeben, sie teilhaben lassen an Lärchenduft und Bachrauschen, an Freiheit und Unbelästigtsein von Ruhrpott-Dialekt und Niveaduft eines regulären Campingplatzes.

Da es für das Alter von Kindern in ausreichendem Maße bürokratische Unterlagen gibt, kann ich zusammen mit dem Medium Fotografie also nachweisen, dass bei diesem Dolomiten-Urlaub unsere Familie komplett, die Jüngste knapp 4 Jahre alt war – und unser Campingtisch das erstemal auf einem Dia verewigt ist.

Ja, wenn man ihn erzählen lassen könnte, unseren treuen, in den letzten Jahren immer wieder notdürftig zusammengeflickten Begleiter! Nicht nur, dass ihm vermutlich noch vieles in Erinnerung wäre, was mir längst aus dem Gedächtnis entschwunden ist. Nein, er hätte auch eine ganz andere Sichtweise. Er lag schließlich einfach da, verstaut in Automobilen unterschiedlichster Fabrikate mit unterschiedlichstem Platzangebot, und konnte hören, wenn schon nicht sehen, wie mir, der ich gerade die Heckklappe mit Kraftanstrengung aber zufrieden ob meines Verstauungstalents geschlossen hatte, von der weiblichen Begleitung bislang verborgen gehaltene Plastiktüten, halbgeschlossene Reisetaschen und Matchsäcke angeschleppt wurden, die angeblich Unverzichtbares enthielten. Oder er wurde, bereits vor dem Zelt installiert, das für die nächsten zwei Wochen unser Zuhause sein würde, Zeuge der Kinderkriege um den ganz speziellen Klappstuhl und/oder bevorzugten Platz am Tisch.

Mit seinen 90x60 cm war er allerdings nicht gerade für eine fünfköpfige Familie ausgelegt und so zog ich es meistens vor, meinen Teil abseits auf einem Baumstumpf oder Felsbrocken sitzend direkt aus dem Topf zu löffeln. Was freilich dazu führen konnte, dass die Kinderschar nun ihrerseits ebenfalls die rustikale Variante der mütterlichen Etikette am Tisch vorzog.

Schade, dass er keine Nachkommen hat, unser Tisch! Was könnte er denen nicht alles berichten. Von der exponierten Felskanzel an der bretonischen Küste, 15 m über dem Wasser, zu der ich nach langwierigen Manövern meinen Bus bugsiert hatte. Oder als er in Korsika, frech alle Verkehrsregeln ignorierend, mitten auf einer Brücke über eine schaurig schöne Klamm, stand. Nein, eine Straße konnte man das nicht nennen, was da zu diesem Übergang hinunterführte. Vielleicht war das ja einmal ein Maultierpfad oder Karrenweg gewesen. Aber immerhin war er so breit, dass mein Bus darauf passte. Die Protestrufe meiner Frau missachtend, ja möglicherweise dadurch erst angestachelt, von den Kindern eher unterstützt, lenkte ich unser mobiles Wohn- und Schlafzimmer geschickt größeren Felshindernissen ausweichend in die Schlucht hinunter. Was ich damals natürlich nie getan hätte – im Nachhinein muss ich zugeben, dass ich froh war, in der Brücke endlich wieder etwas Ebenem ansichtig zu werden. Ob ich es jemals wieder dort hinauf schaffen würde, darüber war ich mir selbst nicht so ganz sicher. Aber nun hatten wir uns in diesen Schlund gewagt und jetzt wollten wir dieses wildromantische Ambiente bis zu einer eventuell bitteren Erkenntnis genießen! In der nicht ganz unberechtigten Annahme, dass der Verkehr auf dieser Strecke in den letzten Jahren weitestgehend zum Erliegen gekommen sein dürfte, parkte ich den Bus in einer Ausbuchtung am Ende der Brücke und baute unter dem Jubel meiner Nachkommenschaft Tisch und Stühle mitten auf der Brücke auf.

Während die Kinder einen Weg hinunter zu den smaragdgrünen Bassins erkundeten und sich meine Frau allmählich von den durchstandenen nervlichen Strapazen erholte und sich nach und nach von meiner Begeisterung anstecken ließ, sparte ich nicht mit der Lautstärke des Mozart'schen Flötenkonzerts aus dem Cassettenrecorder und dem Paprika an dem Gulasch, das ich, begleitet von inspirierendem korsischem Rotwein, für meine Lieben präparierte.

Ich kann es nicht beschwören, aber irgendwie kam mir vor, dass der Tisch heute höher war als sonst. Sozusagen stolzgeschwellt, denn ich hatte, um dem feierlichen Moment gerecht zu werden, das Trockentuch als Tischdeckenersatz auf ihm ausgebreitet. Die Senfgläser für den Wein waren zugegebenermaßen nicht ganz standesgemäß aber dafür um einiges stabiler als Weingläser.

Es gab eine einzige Lücke im dichten Blätterdach, durch welche am nächsten Tag die Morgensonne einen hellen Fleck auf unsere Brücke malte. Niemand hatte unsere Idylle gestört. Tisch und Stühle waren zu dem Sonnenfleck bewegt worden und Vivaldi jubilierte mit den Vögeln um die Wette.

Es freut mich sehr, dass meine Kinder, die nun inzwischen selbst Kinder haben, sich auch heute noch freudig unseres Brückenabenteuers erinnern. Ich habe sie übrigens damals zusammen mit ihrer Mutter zu Fuß vorausgeschickt. Solchermaßen erleichtert hat mich mein Bus auch nicht enttäuscht, wenngleich er ein paar Bodenblechbeulen als bleibende Erinnerung davon getragen hat.

Längst hat er nur noch zwei Gäste, unser Campingtisch. Und wie bei so vielem ist mir jedes Mal, wenn ich ihn wieder für uns zwei aufbaue schleierhaft, wie er einmal vier oder gar fünf Essern als Unterlage gedient hat. Er wäre dem auch nicht mehr gewachsen. Denn nicht nur seine Gäste, auch er selbst ist in die Jahre gekommen, gebrechlich geworden und ab und zu bedarf er schon einer operativen Aufpäppelung. Wie eben auch seine Herrschaften. Aber wir halten in Treue zusammen und freuen uns immer noch und immer wieder, wenn wir für ihn und uns einen besonders schönen Platz für den Abend, für die Nacht gefunden haben.

Jedes Fünfsterne-Hotel schenke ich her gegen den Kanzelplatz abseits einer kaum befahrenen Bergstraße im Val d'Anniviers mit eingebautem Matterhornblick, gegen das Felsen-Logis hoch über dem Lac du Bourget, wo der volle Mond über dem märchenhaft durch rötliche Schleier verklärten Mont Blanc Massiv strahlte oder den einsamen Pass in den schottischen Bergen, von dem aus wir das verschiedenfarbige Verlöschen des Tages in drei verschiedenen Fjorden erleben durften.

Freilich, auch die Zeltplätze in der Pala, Brenta oder Civetta, wo wir unser Zelt in jungen Jahren drei Stunden hinauf geschleppt hatten, zusammen mit der Ausrüstung für schwierigste Klettertouren, Kocher und Proviant, sind in bleibender Erinnerung. Aber damals saß man sich noch leichter auf einem Felsbrocken, löffelte die Erbsensuppe gleich aus dem Topf und ließ den Chianti auch direkt aus der bauchigen Flasche in die Kehle fließen. Und das berauschende Panorama senkrecht in den Himmel ragender Felswände, Ziele jugendlicher Kraft und Begeisterungsfähigkeit, hätten Gedanken an einen fernen Tag mit Campingtisch überhaupt nicht aufkommen lassen.

Wahrscheinlich werde ich weinen müssen, wenn die verrosteten Schrauben auch mit abgebrochenen Zündholzstückchen als Dübel in der zerbröselnden Unterfläche der Tischplatte nicht mehr halten wollen. Vielleicht aber ist es mir vergönnt, dass er mir einmal, wie einst Cheruskerfürsten ihr Lieblingspferd, als letzter Gruß mit ins Grab gelegt wird.

Aber da fällt mir gerade ein – ich wollte mich ja verbrennen lassen. Dann sollte man mir wenigstens seine Asche beimischen!

Der (gestohlene) Weihnachtsbaum

Natürlich hat es seine Bewandtnis damit, dass das Adjektiv so verschämt in Klammern posiert. Aber den Grund dafür will ich für den Schluss aufheben.

In der Tat haben wir, mein Bruder und ich, den Weihnachtsbaum für das elterliche Wohnzimmer in der Regel „beschafft". Nein, als gestohlen hätten wir das nicht betrachtet. Schließlich mussten wir uns redlich plagen, bis wir ihn unter oder auf dem Autodach verstaut hatten.

Wir waren damals glückliche winterliche Nutzer einer Almhütte, die im Sommer durchaus noch ihrer eigentlichen Bestimmung diente. Und da suchten wir uns 8 oder 14 Tage vor Weihnachten bei einer unserer freudvollen Flüchte in die verschneite Einsamkeit ganz ohne Gewissensbisse in den umliegenden Waldgebieten ein passendes Exemplar aus. Der Aufstieg zu unserer Zuflucht bedeutete im besten Falle 1 ½ mitunter aber auch bis zu 3 ½ Stunden mehr oder weniger mühsamen Spurens auf fellbewehrten Skiern durch unberührten Schnee. Die Zeitdifferenz rührt nicht nur daher, dass verschiedene Anstiegsrouten zur Disposition standen, sondern hing vor allem auch von der Schneelage und -qualität ab. Logischerweise kommt man bei 5 cm Pulver auf ansonsten griffigem Untergrund schneller voran als bei einem halben Meter Neuschnee oder einer Schneedecke, die das Gemeinste parat hält, das man sich auf diesem Sektor überhaupt vorstellen kann: Eine durch zwischenzeitliche Erwärmung verkrustete oder durch Wind verblasene Schneedecke, die den Anschein erweckt, als würde sie die Belastung durch einen Rucksack bepackten Skibergsteiger ertragen, um dann im entscheidenden Moment, wenn man das Gewicht vom rückwärtigen auf den voranschiebenden Fuß verlegte, in darunter grundlosen Schnee durchzubrechen.

Aber wir waren jung, im besten Saft und je kraftraubender der Aufstieg desto höher das Glücksgefühl der Geborgenheit, wenn man schließlich den widerspenstigen Ofen in Gang gebracht und das für die abendliche Labsal Vorgesehene ins Rohr geschoben hatte, wenn draußen vielleicht zur wohligen Untermalung der Wind heulte oder wenigstens der Himmel dicke Schneeflocken auf unsere einsame Hütte niedertaumeln ließ.

Der leer gegessene und getrunkene Rucksack wurde am Sonntagnachmittag dann das Transportgerät für den Weihnachtsbaum. Heute ist es mir eher schleierhaft, wie es uns damals gelungen ist, a) den Baum überhaupt tragbar an dem Rucksack zu fixieren und b) damit dann auch noch – ggf. in oben geschilderten widrigen Schneeverhältnissen – abzufahren. Aber wenn man jung und verrückt genug ist, geht fast alles und die Kerzen des Heiligabends am selbst „beschafften" Baum strahlten sicherlich um einiges heller, als wenn sie einem für teures Geld gekauften, rachitischen Besen aufgesteckt worden wären.

Irgendwann war es mir gelungen, mittels einiger erfolgreich absolvierter Prüfungen, den Hochschulbetrieb hinter mir zu lassen. Allem gut gemeinten Zureden meines ewig über die Beamten schimpfenden, verbeamteten Vaters, eine gesicherte Beamtenlaufbahn bei einem Vermessungsamt anzustreben, zum Trotz, war ich zu meinem Berufsstart in einem Ingenieurbüro gelandet. Vermessung spielt sich wenigstens zur Hälfte im Freien ab. Die andere Hälfte dient der

Auswertung der im Feld gewonnenen Beobachtungen, dem Zeichnen von Plänen und dergleichen. Zumindest war das so zur Zeit dieser Geschichte. Und zur Zeit dieser Geschichte waren die Messelemente noch mit dem Bandmaß ermittelte Strecken und – die Winkelmessung! Winkelmessungen zwischen unterschiedlichen Zielen setzen aber zwingend die Sicht zu diesen Zielen voraus.

In diesem ersten Berufsjahr hatte ich des Öfteren noch einen erfahrenen Mitarbeiter aus unserem Büro zur Seite, auch wenn er der Gilde der Bauingenieure zuzurechnen war. Da gehörte es dann geradezu zur Tradition, dass ich bei einer Vermessung in den letzten Wochen vor Weihnachten – und falls das Gebiet einen geeigneten Baumbestand aufwies – gefragt wurde: „Der Baum versperrt Ihnen doch sicherlich die Sicht, Herr Ludwig, oder?" Und es waren regelmäßig gerade soviel Bäume im Weg, dass für jeden unseres Messtrupps einer aus dem Weg geräumt werden musste!

Es gab so einiges, was mir inzwischen an Deutschland nicht mehr gefiel. Das Fass zum Überlaufen brachte dann die unselige Wohnungssuche, als meine Angebetete sich meiner Verheiratungsabsicht hingegeben hatte. Und folglich bewohnten wir ein halbes Jahr nach unserer staatlich und kirchlich sanktionierten Zweisamkeit für 6 Tage eine Kajüte auf einem Schiff nach Montreal. Ein richtiges Auswandererschiff! Damals wurde einem seitens der Kanadischen Konsulate und Botschaften noch jede erdenkliche Unterstützung zuteil. Man hatte für mich quer über das Land Kontakt zu entsprechenden Stellen im Mutterland aufgenommen und so hatte ich einige Angebote vorliegen. Die verlockendsten kamen aus dem Osten, also Ottawa, Toronto, Montreal. Das war mir aber doch ein wenig zu weit vom Gebirge entfernt und so landeten wir schließlich in Calgary, knapp 100 km östlich der Rockies.

In einem jungen Schweizer hatte ich auch bald einen passenden Kletterpartner gefunden und so rauften wir uns bis in den Herbst durch manche rassige Route am Yamnuska, einem ca. 300m hohen Kalkmassiv kurz vor Banff. Bei unserer letzten Tour Ende Oktober – die Aspen hoben sich golden gegen den blauen Himmel ab und nordseitig lag schon Schnee – fiel er mir neben dem Einstiegsweg ins Auge: Unser Baum für unser erstes kanadisches Weihnachten. Ein Traum von einem Baum und ich war mir sicher, dass ich nichts Vergleichbarem mehr begegnen würde bis zu den Festtagen. Wenige Tage vor Weihnachten fuhr ich also am Spätnachmittag die 80 km bis zu dem Parkplatz am Fuße unserer sommerlichen Touren. Bewaffnet mit einem Tomahawk quälte ich mich bei einsetzender Dunkelheit – ich wollte ja bei meinem frevelhaften Tun keine indianischen oder sonstigen Beobachter haben – mühsam nahezu eine Stunde durch tiefen Schnee bergan. Beinahe wäre es mir zu dunkel geworden, aber schließlich stand er vor mir – oder besser gesagt, ich vor ihm. Ja, er war immer noch genauso schön, voll und gerade gewachsen, wie ich ihn in Erinnerung hatte. Was ich allerdings in meiner Entdeckerfreude im Herbst übersehen hatte – der Stamm war mindestens doppelt so dick, wie man das bei einem Baum dieser Größe hätte erwarten können. Das bedeutete nicht nur, dass ich mit meinem Spielzeugbeil eine ganze anstrengende Weile beschäftigt war, bis er endlich nachgab, es implizierte auch eine verdammte Schlepperei den Berg hinunter. Bis ich endlich wieder am Parkplatz angelangt war und Baum und mich im

Auto verstaut hatte, war ich völlig durchgeschwitzt und einigermaßen erschöpft. Natürlich überwog bald die Euphorie – nicht nur, weil dieser Prachtbaum unser Appartement schmücken würde, sondern auch, dass ich unsere Baumbeschaffungstradition bis ins ferne Kanada übertragen hatte.

Als ich bei der Silvesterparty, zu der wir eingeladen waren, zu vorgerückter Stunde meinen mühsamen, aber erfolgreichen Diebstahl bekannte, kannte die Heiterkeit kaum Grenzen: Für 50 cent hätte ich mir in den Wäldern nahe Calgary jeden Baum aussuchen können!

Aber so einen schönen und abenteuerlichen hätte es dort sicher nicht gegeben!

Mein Vergehen wider die BH-Industrie

Es war schon eine ganze Weile her, dass ich mich ins Oberreintal verirrt hatte, diesen wilden Felsenkessel auf der Nordseite des Wettersteins. Als 15-Jähriger war ich im Rahmen einer Führungstour das erste Mal in dieses Kletterdorado gekommen. Und war von Anfang an fasziniert, von den schroffen Felsformationen, himmelragenden Graten, Pfeilern und Wänden. Hier gab es keinen Weiterweg für den wandernden Bergsteiger, hier waren die Kletternarrischen aus Garmisch und München und Nürnberg unter sich. Was nicht bedeutete, dass sich da nicht auch hie und da ein sächsischer Dialekt vernehmen ließ.

Und es stand dort, eskortiert von ein paar Ahornbäumen, die sich gegen das gewaltige Schotterfeld des Kessels hatten behaupten können, eine heimelige, urige Hütte, in die sich – zumindest damals – kein Wanderer verirrte. Der Hüttenwirt war eigentlich nur da, um Mitgebrachtes zu kochen und Teewasser zu produzieren. Und ggf. ein wenig regelnd einzugreifen – aber die Hüttenwirte, die ich dort oben kennengelernt hatte, waren alles andere als Bremser, waren eher die Antreiber, damit so ein Hüttenabend nicht langweilig verlief. Der, welcher mit dieser Geschichte in Zusammenhang steht, hörte auf den schönen bayerischen Namen Charly. Unsere intensive Freundschaft hatte ihren Ursprung in der Musik, denn der Charly hatte sich dort oben an verregneten Tagen, wenn er mit seiner Hütte allein war, das Hackbrettspielen beigebracht und er freute sich jedes Mal, wenn ich meinen nass geschwitzten Rucksack auf der Hüttenbank absetzte, dass er heute Abend eine Gitarrenbegleitung haben würde.

Dass ich schon lange nicht mehr zu den Stammgästen dieser Region gehörte, hing mit mancherlei Umständen zusammen, primär aber damit, dass es von Würzburg aus doch um einiges weiter war wie ehedem aus München. Und mit aus diesem Grund hatte ich auch keinen festen Kletterpartner mehr.

Ein fachlicher Vortrag in München bot mir die Ausrede, auch ohne Partner dem Oberreintal wieder einmal einen Besuch abzustatten, einfach an dem so oft gegangenen Hüttenanstieg Erinnerungen aufzuklauben, wie damals sehnsüchtig die Augen in den Felsflanken spazieren gehen lassen, Hüttenatmosphäre schnuppern und mit dem Charly ein bisschen „Musi" machen.

Auf der Hütte war wegen eines Bergführerkurses ein Betrieb, als wäre es nicht ein ganz gewöhnlicher Werktag, sondern ein langes Feiertags-Wochenende. Am nächsten Tag, einem Freitag, war der Bergführerrummel vorüber. Ich tastete mich im Nebel hinüber zum Schachen und machte mich am Nachmittag dadurch nützlich, dass ich ein paar Holztrümmer zur Hütte schleppte. Nachdem das Wetter sich inzwischen eines besseren besonnen hatte, wurde das Bergführer-Vakuum aber bald von den üblichen Wochenendkletterern aufgefüllt. Am Abend fegte der Charly über sein Hackbrett, dass es eine Freude war und ich hatte meine Freude ihm mit der Gitarre Gesellschaft leisten zu dürfen.

Der folgende Morgen präsentierte sich wettertechnisch recht verheißungsvoll. Es tat schon ein bisschen weh, als sich die ganze Bande Karabiner klimpernd auf den Weg zu den Einstiegen am Dom, an den Schüsselkartürmen und am Oberreintalturm machten. So packte ich halt den Anorak, ein paar Dörrzwetschgen und die Flöte in den Rucksack und wollte dem Hundstall einen Besuch abstatten. „Hast jetzt jemand?", fragte mich der Charly, als ich gerade bei der Türe hinaus wollte. „Sonst kannst ja mit der Brigitte gehen." Die Brigitte war ein nettes, etwa zwanzigjähriges Mädchen und außerdem seine Nichte. Ich hatte eigentlich gedacht, dass er sie sich sozusagen als Küchenhilfe hielt und wäre niemals auf den Gedanken gekommen, ihn zu fragen, ob man sie auch für etwas anderes, z.B. bergsteigerische Unternehmungen ausleihen könne. Vor allem hätte ich mir nicht vorstellen können, dass er sie einem von uns anvertrauen würde! Es scheint mir ein besonderer Freundschafts- und Vertrauensbeweis, dass er mich offenbar als dieses Vertrauens würdig einschätzte.

Als er uns mit den nötigen Kletterutensilien ausgestattet hatte und wir endlich – etwas verspätet gegenüber dem Rest der längst ausgeflogenen Kletterbande – bereit waren, zur „Militärkante" aufzubrechen, nahm er mich noch kurz zur Seite und meinte, ich solle halt beim Abseilen ein bisschen auf sie aufpassen, weil sie darin noch nicht sehr geübt sei. „Und vielleicht kannst sie ja a bisserl aufmuntern, weil sie nämlich grad Liebeskummer hat", schickte er noch hinterher.

Wir hatten einen schönen Tag, sie stellte sich recht geschickt an und beim Abseilen ist sie mir auch nicht runtergefallen. Ob ich an ihrem Liebeskummer etwas ausrichten konnte, vermag ich nicht zu sagen. Zumindest musste sie sich während des Kletterns und in den steilen Schrofen des Abstiegs auf anderes konzentrieren und war abgelenkt.

Der Liebeskummer war längst überwunden und – wenn ich mich recht erinnere – hatte sie sich den Grund des Kummers doch noch gefügig gemacht, als ich sie Jahre später wieder traf. Der Charly hatte inzwischen die Oberreintal- gegen die Reintalangerhütte getauscht. Eine gleichermaßen herrlich gelegene Hütte direkt neben der jungen Partnach und überragt von den düsteren Nordwänden von Hoch- und Kleinwanner. Hier nun waren die Wanderer bei weitem in der Überzahl und entsprechend eng konnte es an einem sonnigen Wochenende werden.

Wieder war ich allein unterwegs, war vom herrlich grünen Eibsee über die urig ursprüngliche Wiener-Neustädter Hütte zur Zugspitze aufgestiegen. Noch bevor die erste Seilbahn ihre Ladung entlassen hatte, stand ich am Gipfel und machte mich schnell über den Jubiläumsgrat, der hinüberführt zur Alpspitze, davon. Viele Erinnerungen verbinden sich mit dieser luftigen Tour hoch über dem Tal zwischen Ehrwald und Garmisch im Norden und dem Platt und dem Reintal im Süden. Als Jugendliche haben wir hier eine erste brenzlige Situation überstanden, als wir an Allerheiligen nach einer Nacht in der Biwakschachtel bei Schnee und Nebel die Flucht in die Ungewissheit der Südseite antreten mussten. Dann der Alleingang in 6 Stunden vom Kreuzeck bis zum Zugspitzgipfel und schließlich die Winterbegehung, zusammen mit meinem Bruder, 2 Tage nach Neujahr – ohne Biwak.

Über den Brunntalgrat kann man nach etwa der Hälfte zur Knorrhütte absteigen und von dort sind es noch einmal knapp 2 Stunden bis zur Reintalangerhütte. Ich wollte anderntags versuchen, über den Kleinen und Großen Hundstall meinen Weg zur Oberreintalhütte zu finden und – wenn das

Wetter noch mitspielen würde – wollte ich mich von der Wangscharte nach Süden abseilen und auf der Südseite des Hochwanner übers Gatterl zurück zur Reintalanger gelangen. Das versprach 2 Tage in absoluter Einsamkeit, denn wenn sich in dieser Region im Jahr zwei Handvoll Individualisten herumtreiben, so ist das vermutlich viel.

Bei dieser Gelegenheit also traf ich meine ehedem Liebeskummer beladene Kletterpartnerin wieder. Auch sie war allein, wollte nur einmal ihren Onkel in seinem neuen Wirkungskreis besuchen. Sie war sofort Feuer und Flamme, als sie von meinen Plänen hörte und ich war ganz froh um eine sichernde Begleitung, denn, ob ich mir den Einstieg in den Kleinen Hundstall allein überhaupt trauen würde, da war ich mir nicht so sicher.

Als ich am Morgen vor die Hütte trat, war mir allerdings gar nicht wohl. Es war entschieden zu warm, ja feucht-warm und ein paar erste Schlieren begannen sich auch schon am eher dunstigen Himmel zu formieren. Bis zur „Blauen Gumpe" – die übrigens inzwischen nicht mehr existiert – muss man hinauswandern, bis man sich über grasige Schrofen bis zu dem Felssporn hinaufarbeiten kann, der den Einstieg zum Kleinen Hundstall markiert. Bis hierher – so hatte ich ihr gesagt – wollte ich mich entscheiden, ob man dem Wetter trauen könne oder nicht.

Mein „Nicht" hat sie dann sichtlich enttäuscht aufgenommen. Ja, ich meinte sogar, aus ihrem Gesichtsausdruck herauszulesen, dass sie vermutete, dass ich weniger dem Wetter nicht traute, als dass ich mich überhaupt nicht traute. Das wurmte mich schon ein bisschen. Insofern war ich sehr erleichtert und sonnte mich im Gefühl des erfahrenen Wetterdeuters, als endlich bei unserem Aufstieg von der Bockhütte zum Kreuzeck ein tiefes, unmissverständliches Grollen durch das Reintal rollte. Der Himmel hatte sich – von uns kaum registriert – schleichend und schnell verdunkelt und wenig später begann es auch schon zu regnen. Nichts hätte ich mehr gefürchtet als ein Gewitter in den von hohen Wänden überragten Felskesseln der Hundställe!

Wir suchten Schutz unter einer mächtigen Fichte und – weil es auch schlagartig kühler wurde – lehnten wir uns aneinander und ich legte den Arm um ihre Schulter. „Ja läufst denn du im Gebirg auch noch mit einem Panzer herum?", rutschte es mir heraus, als ich den Ansatz ihres Büstenhalters fühlte. (Das käme mir ja beinahe so vor, als wenn ich beim Bergsteigen auch noch mit einer Krawatte herumliefe. Wobei ich zugeben muss, dass dieser Vergleich unzulässig war, da ich auch im Flachland nur zu äußerst seltenen Anlässen mir den Hals einschnüre). Kaum dass wir am Kreuzeck waren, strahlte der Himmel übrigens wieder blitzblank, als wolle er mich verhöhnen und mir meinen wetterkundigen Nimbus sabotieren.

Der Charly hatte sich Gäste auf seine Hütte eingeladen, um seinen 50. gebührend zu feiern, d.h. diesen „Runden" mit Musik und Erinnerungen, bereits nostalgisch verbrämten Geschichten und Unterhaltungen zu einem erinnerungswürdigen Ereignis zu machen. Auch ich gehörte zu den Auserwählten und hatte am späten Nachmittag meinen traditionellen Begrüßungsschnaps entgegennehmen dürfen. Ob er einen Jäger bestochen oder selbst eine „abgestürzte" Gams „gefunden" hatte, weiß ich nicht, jedenfalls hat er hervorragend geschmeckt, der Gamsbraten und wir saßen dichtgedrängt, wohlgenährt und mit ausreichend Flüssigem versorgt und harrten auf das Auftauchen des Hackbrett bewehrten Gastgebers aus seiner Küche.

Zunächst aber öffnete sich die Tür für einen verspäteten Gast. Es war meine einst Liebeskummer bedrückte, wetterungläubige und auch im Gebirge Büstenhalter bewehrte Verlegenheitspartnerin. „Weißt du, dass du mir einen Haufen Geld gespart hast", rief sie quer durch den Gastraum, kaum dass sie meiner ansichtig geworden war, „seitdem hab ich keinen BH mehr angehabt!"

Ob ein Außenstehender den Gesichtsausdruck der Kameraden als anerkennend oder nur erstaunt bezeichnet hätte, kann ich mit Sicherheit nicht sagen.

Kopfschütteln

Die Mutter besichtigte, während ich beaufsichtigte. Die Mutter ägyptische Pyramiden, ich unsere beiden Kinder. Sie hatte sich diesen Urlaub zusammen mit einer Freundin redlich verdient. Und für mich war es auch einmal ein Erlebnis 14 Tage allein mit den Wünschen und Abneigungen meiner Nachkommenschaft zurechtkommen zu müssen. Das geht ja sehr viel besser als die Mütter immer glauben. Kinder verfügen über eine ungeahnte Anpassungsfähigkeit an andere Gewohnheiten und Verhaltensweisen. Überhaupt bin ich überzeugt, dass die meisten Väter blendend mit ihren Sprösslingen auskommen, sobald die Mutter nicht mehr in der Nähe ist. Nur können sich die Mütter das nicht vorstellen. Sie fürchten Chaos und Verwahrlosung, wo die Kinder die in der Regel größere Freiheit und Abenteuerbereitschaft bei den Vätern genießen. Ein endloses Thema, das wahrscheinlich schon in allen Ehen ein – nie erfolgreich zu Ende diskutiertes – Thema war. Daher will auch ich hier nicht das Unmögliche versuchen. Hoffen wir, dass die Mutter ihre Freiheit, die Pyramiden und das warme Wetter genießt und nicht dauernd mit den Gedanken im heimatlichen Sodom und Gomorrha weilt!

Ich bin gerade dabei, für mich und meinen Nachwuchs das Mittagessen zu komponieren. Nun ja, ich muss zugeben, dass die scharfen Gewürze, die bei der fernen Mutter Entsetzensschreie ausgelöst hätten, von den Kindern tatsächlich eher skeptisch beurteilt wurden. Obwohl ich die Dosis für meinen Geschmack ohnehin schon stark reduziert hatte! Also, ich bin beim Komponieren, da läutet das Telefon. Am anderen Ende meldet sich mein Institut: Im Oktober fände in Brasilien ein UNO-Seminar für Entwicklungsländer zum Thema „geodätische Nutzung künstlicher Erdsatelliten" statt. Da muss jemand von uns vertreten sein, schließlich betreiben wir einen Sonderforschungsbereich „Satellitengeodäsie". Ob ich vielleicht ... „Bin schon unterwegs" kommt meine spontane Antwort. Südamerika! Vielleicht könnte ich sogar einen Abstecher in mein Traumgebirge, die Anden, einbauen! Das Essen wird tatsächlich etwas scharf.

Wenig später darf ich meine ägyptisch gebräunte Frau wieder in die Arme schließen. Der erste Blick aber gilt natürlich der abgemagerten, verwahrlosten Kinderschar. Nachdem deren glücklich heiteres Verhalten aber doch in gewisser Weise für mich zu sprechen scheint, beruhigt sie sich allmählich und beginnt ihrerseits glücklich und heiter von ihren Urlaubserlebnissen zu berichten. Eine kurze Erzählpause nütze ich, um auch meine Neuigkeit loszuwerden. „Du spinnst wohl" erfährt meine Euphorie einen deftigen Dämpfer, als ich ihr von meiner geplanten Südamerika-Reise erzähle. „Hast du nicht gehört, dass in Brasilien zurzeit eine Meningitis-Epidemie umgeht? Das kommt überhaupt nicht in Frage!"

Ich kenne meine Frau und weiß in etwa einzuschätzen, wann Diskutieren vergeblich verbrauchte Luft ist. Das ist zwar meistens der Fall, in diesem Fall aber in besonderem Maße. Also mache ich meinen Chef am Montag, als für mich der Heim-Urlaub beendet ist, mit den Bedenken meiner Familienchefin vertraut. „Da kann ich Ihre Frau schon verstehen", sagt der. „Ich werde dann gleich in Bonn anrufen". Das war mir noch gar nicht bewusst, dass ich da auf eine mehr oder weniger von oben diktierte Reise geschickt werden sollte.

Zwei Stunden später begegne ich in den Institutsgängen einem offensichtlich bedrückten Chef. „Gibt es Schwierigkeiten, Herr Professor?" „Nun ja, das Auswärtige Amt ist der Meinung, dass dort unbedingt jemand von uns vertreten sein sollte. Aber ich verstehe natürlich Ihren Standpunkt..." „Das genügt, das genügt", jubiliere ich, „wenn ich zuhause argumentieren kann, dass Deutschland auf mich vertraut, ja, auf mich angewiesen ist..."

Eine reine Vergnügungsreise trete ich 5 Wochen später freilich nicht an. Schließlich bedeutet meine Funktion als Deutschland-Repräsentant nicht nur, dass ich dort mit einem Deutschland-Schild am Revers auftrete und mich als kommunikativ erweise, ich muss wenigstens einmal auch als Alleinunterhalter agieren, also ein Referat halten. Das habe ich kurzfristig zusammengebastelt und nun sitze ich in einer Maschine der IBERIA auf dem Weg nach Südamerika. In der Tat, nach Südamerika, nicht nach Brasilien. Im Reisebüro hat man meinen Wunsch „Könnte man den Flug irgendwie so arrangieren, dass ich die Anden wenigstens zu Gesicht bekomme?" ernst genommen und mir eine Reiseroute Frankfurt – Madrid – Bogotá – La Paz –Sao Paulo zusammengestellt. Und den Rechtfertigungsgrund für meinen Umweg gegenüber der Deutschen Forschungsgemeinschaft, die dafür aufkommen muss, auch gleich mit geliefert: Mein Umwegsflug ist beinahe 1000 DM billiger als der Direktflug! Das verstehe wer will, aber mir soll es recht sein.

In Bogotá habe ich einen Cousin, den ich zwar noch nie in meinem Leben gesehen habe, aber es gibt schließlich immer ein erstes Mal. Es ist ein fantastisches Bild, wenn man auf den Flughafen dieser Stadt, die sich wie auf einem riesigen Tafelberg in einer 2600 m hoch gelegenen Hochebene ausbreitet, einschwebt. Ungünstigerweise ist es Sonntag, als ich etwas verlassen in der Halle der Ankunftsflüge stehe. Und dummerweise habe ich unzureichend vorgesorgt: weder habe ich meinem Cousin meine Ankunftszeit mitgeteilt, noch habe ich mich mit kolumbianischer Währung ausgerüstet. Kreditkarten sind zu dieser Zeit noch nicht in Mode und den Kolumbianern scheint ihr Sonntag heilig – zumindest so früh am Tag. Jedenfalls gelingt es mir nicht, die nötige Anzahl Pesos einzutauschen, um zu telefonieren oder den Bus bezahlen zu können. Also nehme ich meinen Rucksack auf den Buckel und den Koffer abwechselnd auf die linke und rechte Schulter und mache mich zu Fuß auf den Weg in die Stadt. Als ich bei meinen Gastgebern vor der Tür stehe, wollen und können sie es nicht glauben, als ich ihnen von meinem Fußmarsch erzähle. Sie können es sich generell nicht vorstellen, dass jemand mehr als 15 km zu Fuß geht, was ihnen aber als absolut unwahrscheinlich erscheint, ist, dass ich auf diesem Weg nicht wenigstens fünfmal überfallen worden sein sollte. Vermutlich ist den – zuhauf herumlungernden – Jugendlichen dieser verrückte Wanderer so suspekt gewesen, dass sie sich gar nicht getraut haben, ihn anzugehen.

Der Weiterflug nach La Paz führt zunächst nach Guayaquil/Ecuador, wo wir zwischenlanden und dann entlang der Pazifik-Küste nach Lima/Peru. Den Landstrich, den ich aus hoher Warte wahrnehme, kann man nur als terrestrische Mondlandschaft bezeichnen. Zweifellos faszinierend, aber in seiner absoluten Kargheit und Menschenfeindlichkeit auch abschreckend. Mein nächstes Ziel, an dem ich ein paar Tage zu verweilen gedenke, ist aber La Paz, die Hauptstadt von Bolivien. Nachdem man mir mit der Reiseroute so entgegengekommen ist, möchte ich mich ungern nur mit einer Anden-Besichtigung aus der Luft zufrieden geben. Rucksack, Biwaksack, Bergschuhe und Steigeisen haben sich leicht als Handgepäck tarnen lassen. Was ich jetzt noch brauche ist ein Pickel und ein Kocher. Beides hoffe ich von oder durch Vermittlung einer der Ertl-Töchter, die in La Paz lebt, zu bekommen. (Hans Ertl war einer der Bergsteigergrößen vor dem 2. Weltkrieg, arbeitete als Kameramann mit Fanck und Trenker zusammen und war auch der filmische Begleiter der erfolgreichen Nanga Parbat Expedition1953. Später wanderte er dann nach Bolivien aus).

La Paz dürfte als Stadt ziemlich einmalig sein. Wenn man den 4100 m hoch gelegenen Flughafen auf dem Alto Plano dazu rechnet, weist sie in sich einen Höhenunterschied von 900 m auf! Und ehe man auf diesem Flughafen zur Landung ansetzt, wird man eines makellos weißen, herrlichen Bergmassivs ansichtig. Die dünne und klare Luft gaukelt dem Betrachter vor, dass sich dieser Traumberg quasi unmittelbar neben der Landefläche in den blauen Himmel reckt. Da muss ich unbedingt hinauf! Nun ja, wir wollen einmal vorerst bescheiden tun: Da muss ich unbedingt versuchen, hinaufzukommen.

Der Vertreter des Club Andino, mit dem mich die Ertl-Tochter zusammenbringt, schüttelt nicht nur den Kopf (das ist noch ohne Bezug zum Titel-Kopfschütteln), sondern wird geradezu grob, als ich ihm mein Ansinnen vortrage und er verweigert mir sowohl dienliche Informationen als auch die erhofften Ausrüstungsgegenstände. Ob ich komplett verrückt sei, fragt er mich, hier aus dem Flugzeug zu steigen und zu glauben, in den wenigen Tagen, die mir zur Verfügung stehen, einen Sechstausender zu besteigen – und das auch noch allein!

Natürlich lasse ich mich dadurch nicht abhalten. Anderntags bin ich um 4:30 Uhr mit meinem Rucksack auf dem Weg zum Alto Plano, kann einen der Lastwagen, die dort ständig auf dem Weg zu einer entlegenen Kupfermine verkehren, becircen, mich bis zum Fuß des Berges zu bringen – immerhin ca. 40 km. Etwa bei 5000 m geht mir die Luft aus und das nicht nur wegen der ungünstigen Schneeverhältnisse. Ich erleichtere meinen Rucksack um eine Ölsardinenbüchse, halte ein kleines Nickerchen und mache mich dann wieder an den Abstieg.

Eine zweitägige Wanderung am Titicacasee entschädigt mich einigermaßen für meine bergsteigerische Abfuhr. Dann ist es Zeit, mich meiner eigentlichen Aufgabe und meinem brasilianische Ziel anzunähern. Ein einigermaßen abenteuerlicher Flug mit einer Zwischenlandung auf einer Dschungelpiste bringt mich nach Sao Paolo. Von dort erreiche ich unseren Tagungsort, San José dos Campos mit dem Bus. Es ist ein kleiner Hochschul-Ort und wir werden direkt auf dem Campus untergebracht. Einen Tag habe ich noch Zeit, das Städtchen zu erkunden, mich mit bereits eingetroffenen Kollegen aus aller Welt und vor allem dem Veranstaltungsleiter, dem Vertreter der UNO bekannt zu machen.

Das Eröffnungsreferat hält – wie könnte es anders sein – der amerikanische Teilnehmer dieses Seminars. Die Zuhörerschaft besteht tatsächlich aus teilweise recht exotisch anmutenden Gestalten. Aber sie verfolgen die Ausführungen des amerikanischen Wissenschaftlers mit sichtlichem Interesse. Er legt dar, was die Satellitenmethoden für fantastische Möglichkeiten böten, mit erstaunlicher Genauigkeit und über große Distanzen hinweg in ungleich kürzerer Zeit Vermessungssysteme aufzubauen, als das bislang mit den herkömmlichen Verfahren der Winkel- und Entfernungsmessung bewerkstelligt werden konnte. Er verweist auf erste erfolgreich durchgeführte Projekte, beschreibt das derzeit auf dem Markt erhältliche Instrumentarium, berichtet von Transformationen bestehender geodätischer Netze in ein Weltsystem und gibt Prognosen über die weitere Entwicklung.

Unmittelbar nach dem Vortrag steuert er als erstes direkt auf mich zu. Das wundert mich, denn wir sind uns noch nirgendwo auf einem Kongress begegnet, auch hier haben wir uns bislang nur flüchtig begrüßt. Er nimmt mich dezent zur Seite, fragt dann aber sehr direkt: „Habe ich denn in Ihren Augen so einen Unsinn erzählt"? Wie er denn darauf komme, frage ich verblüfft. „Nun ich habe Sie genau beobachtet, Sie haben zu meinen Ausführungen fortwährend den Kopf geschüttelt". Das sei mir zwar nicht bewusst, erkläre ich ihm, aber eine Erklärung dafür habe ich schon: Ich wüsste jedenfalls nicht, was **ich** den Seminarteilnehmern morgen noch vortragen könne. Er habe quasi **meinen** Vortrag gehalten. Da lacht er erleichtert auf und klopft mir beruhigend auf die Schulter. „Da machen Sie sich keine unnötigen Sorgen. Das können wir denen die ganze Woche lang erzählen und jeder Tag wäre für diese Zuhörer neu".

Ganz überzeugt bin ich davon nicht und ich wünsche meiner Zuhörerschaft am darauffolgenden Tag als erstes, dass sie gut geschlafen und möglichst viel von dem, was sie ges-

tern gehört hätten, vergessen haben mögen. Ganz offensichtlich hätte es dieses Wunsches gar nicht bedurft.

Hilfeleistung

Selbst eingefleischten Biertrinkern dürfte bekannt sein, dass das Frankenland – in Sonderheit Unterfranken – ein Wein-Dorado ist. Und Würzburg ist nicht nur die Metropole Unterfrankens, sondern mit seinen in Fachkreisen hochgeschätzten Lagen „Würzburger Stein", „Innere Leiste", „Pfaffenberg"… auch die Hochburg dieses Weinareals. Kein Wunder, dass hier die 3 größten Weinproduzenten „Staatliche Hofkellerei", „Bürgerspital" und „Juliusspital" angesiedelt sind. Verwunderlich mögen allenfalls die „Spital"-Anhängsel der beiden Letztgenannten wirken.

Ja, es hat bereits im Mittelalter Menschen gegeben, die ihr Vermögen nicht einfach der Kirche zur weiteren Aufblähung vermacht haben, sondern einen ganz bestimmten Zweck verfolgt haben. Das war im Falle des Bürgerspitals bereits Anfang des 14. Jahrhunderts der Würzburger Patrizier Johannes von Steren, der eines seiner Anwesen „zur Aufnahme pflegebedürftiger Menschen" überließ. Und der Würzburger Bischof Julius Echter. Julius erkannte das „Fehlen weiterer Armen- und Krankenhäuser" in der Residenzstadt Würzburg und gründete Ende des 16. Jahrhunderts die nach ihm benannte Stiftung. Dass man das Gute mit dem Nützlichen verband, ist ja nun nicht unbedingt verwerflich – die Weinproduktion zur Unterhaltung der Stiftung – das lässt sich durchaus akzeptieren!

Natürlich wusste auch ich nichts von alledem, als es mich aus dem südlicheren Bierland nach Würzburg verschlug. Was mich aber unmittelbar begeisterte, war eine Geschichte aus der Geschichte dieser Stiftungen: In früheren Zeiten standen nämlich den Insassen der wohltätigen Einrichtungen pro Tag 3 Liter Wein zu! Da konnte man sich sogar auf das Altwerden freuen! (Wie weitergehende Erkundigungen ergeben haben, gab es für diese großherzige Maßnahme aber einen ganz triftigen Grund: Die Wasserqualität war zu diesen Zeiten in Würzburg derart schlecht, dass es sinnvoller erschien, Wasser in Wein zu verwandeln. Seither lese ich immer mit großem Interesse gelegentliche Berichte über Qualitätskontrollen unseres Leitungswassers).

Heute hat das Juliusspital eine vierfache Aufgabenstellung: Eben, sich der Herstellung und Abfüllung von edlen Tropfen in die weltweit berühmten Bocksbeutel zu widmen, dieselben im gleichnamigen Restaurant den Hungrigen und Durstigen anzubieten, im ebenso unter diesem Namen firmierenden Krankenhaus (die Österreicher sagen dazu übrigens ohnehin „Spital") Kranke zu heilen, zu reparieren und ggf. in der Palliativ-Station angemessen auf ihrem letzten Gang zu begleiten – und schließlich das Altenheim.

Dieses liegt in unmittelbarer Nähe eines Teilbereiches unserer Fachhochschule, nachdem die Universität aus dem berühmten Gebäude ausgezogen ist, in dem Wilhelm Conrad Röntgen die nach ihm benannten Strahlen entdeckt hatte. Und weil ein über seine Pensionierung hinaus auf seine Vorteile bedachter Kollege von mir bei der Verwaltung erwirkt hatte, dass wir Pensionäre – wenigstens nachmittags – immer noch die privilegierten Parkplätze nutzen dürfen, ist das häufig für mich das Basislager für diverse Einkäufe und Erledigungen in der Stadt. Und dabei passiere ich – je nach Einkaufs- oder Erledigungsrichtung – das Altenheim. Da kann man dann im Foyer vor sich hin dösende Gerippe sehen und – auch wenn man damit eigentlich nichts mehr am

Hut hat – formuliert sich da spontan ein Gebet der Art „Herr erspare mir das!" Aber nicht nur von außen durch die Glasfenster, nein, auch von innen habe ich schon Kontakt zu diesen auf den Tod wartenden Menschen gehabt.

Nachdem wir – mein Sohn mit der Gitarre und ich mit dem Hackbrett – von unserer adventlich versammelten Dorfgemeinschaft so begeistert aufgenommen worden waren, hatte ich die Idee und trug diese den Juliusspital-Verantwortlichen vor: Wenn wir ihren Kranken auf Weihnachten damit eine Freude machen könnten, würden wir uns gerne bereit erklären, auch bei ihnen zu spielen.

Den Kranken wollten sie das offenbar nicht zumuten, aber wenn wir die Alten damit erfreuen wollten, würde man sich freuen, wurde mir 2 Jahre später mitgeteilt. Immerhin spiele ich nunmehr seit 20 Jahren Theater, habe Solo-Auftritte gehabt und bin zu runden Geburtstagen und sonstigen Festlichkeiten verpflichtet worden – aber so ein seltsames Publikum hatte ich noch nie vor mir und habe es seither auch nicht gehabt. Man hatte das Ereignis in der hauseigenen Kapelle angesiedelt und dort saßen die Rüstigeren in den Kirchenbänken, die nicht mehr Gehfähigen in Rollstühlen und die Bedauernswerten, die nicht einmal mehr gerade sitzen konnten, lagen auf fahrbaren Liegen. Entscheidend aber war – so vermute ich – der Pfarrer, der in der vordersten Reihe thronte. Jedenfalls gab es nach unserem ersten, mit andächtiger Inbrunst vorgetragenen alpenländischen Adventsstückl keinerlei Reaktion. Und das blieb auch bis zum Ende so. Nicht dass ich jetzt über Gebühr applausgeil wäre – aber das verunsichert schon! Schließlich weiß man ja nicht, ob man überhaupt im vorgesehenen Programm fortfahren soll oder ob man nicht besser nach einer Viertel Stunde zusammenpacken sollte. Meine Erklärung: Vermutlich traute sich keiner der Anwesenden in Anwesenheit des Pfarrers das Gotteshaus mit Applaus zu entweihen, aber es ist – wie gesagt – nur eine Vermutung.

Erfreulicherweise ist so ein Altersheim aber nicht nur mit lebendigen Leichen bestückt! Wieder einmal hatte ich von meinem Parkrecht Gebrauch gemacht und meine Zielvorgabe brachte es mit sich, dass ich an dem Seniorenstift vorbei musste. Eine kleine Gasse führt entlang der Juliusspital-Kelterei hinauf zum Juliusspital-Restaurant an der Ecke zur Juliuspromenade. Wenn ich sage hinauf, so mag das zunächst falsche Vorstellungen hervorrufen. Die Gasse steigt auf 100m möglicherweise 3 - 4 m, jedenfalls so wenig, dass mir das bis zu diesem Zeitpunkt noch gar nicht wissentlich aufgefallen war. Am unteren Ende dieser 100 m parkte – beinahe wäre ich versucht zu sagen „lauerte" – ein Rollstuhlfahrer aus dem Altenheim. Seine Füße funktionierten nicht mehr, aber ansonsten machte er einen quicklebendigen Eindruck. „Geh, kannst mich net a Stückl schieben?" rief er mir mit treuherzigem Augenaufschlag schon aus 20 m Entfernung entgegen. „Aber freilich", antwortete ich ihm. Wohin er wolle, fragte ich ihn gar nicht, denn für mich war klar, dass er sich einen Schoppen im Restaurant genehmigen wolle – möglicherweise außerhalb der Legalität der Stiftsordnung – und so etwas beflügelt immer meinen revolutionären Geist. Ich schob also und er vertraute mir – weiterhin im vertrauten „Du" – als Gegenleistung zwischenzeitlich einen beträchtlichen Teil seiner Lebensgeschichte an. „Oben" angekommen, also auf Höhe des Restaurants, wollte ich ihn gerade fragen, wie er denn da nun hineinkomme und ob ich ihm diesbezüglich noch behilflich sein könne, als er von sich aus sagte: „So, dank dir, das reicht". Dann wendete er geschickt sein Gefährt und „sauste" die 100m wieder hinunter, nicht ohne mir noch einmal freudig fröhlich über die Schulter zuzuwinken.

Eigentlich hat nur gefehlt, dass er noch einen jodlerischen Juchezer hätte erklingen lassen!

Hilfe!

Kennen Sie Ben Jonson? Ja? Nein? Respekt, wenn „Ja"! Ansonsten geht es Ihnen nicht anders, als es mir ergangen ist. Richtig – da war doch so eine Hundermeterrakete, die dann später wegen Dopings disqualifiziert wurde. Falsch, denn der schrieb sich Johnson mit „h".

Sicher hat es im Laufe der Geschichte einige Ben Jonsons gegeben, die aber der Menschheit noch weniger in Erinnerung geblieben sind, als der, den ich meine. Dieser Jonson war ein Zeitgenosse Shakespeares und außerdem in der gleichen Branche tätig wie dieser. Während allerdings Shakespeare selbst Nicht-Theatergängern im Bayerischen Wald und Botswana ein Begriff ist, dürfte der Name Ben Jonson nur bei Eingeweihten aus der Theaterwelt einen Erkennungseffekt hervorrufen. Insbesondere im deutschsprachigen Raum. Während man bei Wikipedia aufgeklärt wird, dass Jonson ein gutes Dutzend Stücke verfasst hat und man bei der Recherche im englischsprachigen Internet erfährt, dass „Every man in his humour" his best known play ist, gibt es dieses Stück in deutscher Übersetzung gar nicht. Aus dem gesamten Werk Jonsons wurden lediglich zwei ins Deutsche übertragen: „Die schweigsame Frau", vertont von Richard Strauss, und „Volpone" – eine herrliche Komödie.

Die Würzburger Werkstattbühne hatte diesen Volpone für die Freilichtsaison im Efeuhof des Rathauses auserkoren und mir hatte man die Titelrolle angetragen

Die (italienischen) Namen aller Beteiligten beschreiben zugleich seinen Charakter. Da gibt es z.B. den Schmarotzer „Mosca" = Schmeißfliege, den Kaufmann „Corvino" = Rabe

84

und dessen Gattin „Colomba" = Täubchen. „Volpone" heißt auf Deutsch übrigens Geier. Die Geschichte spielt im mittelalterlichen Italien und die Handlung lässt sich kurz folgendermaßen zusammenfassen: Volpone ist ein alter, reicher und trotzdem immer noch geldgieriger Kaufmann, der vorgibt, todkrank zu sein und allen seinen Besuchern vorgaukelt, dass er sie in seinem Testament bedenken würde, was die Besucher wiederum dazu bringt ihn mit kostbaren Geschenken gewogen zu machen. Corvino gar bringt ihm seine liebreizende Gattin Colomba ans Bett, damit sie ihm ein wenig Gesellschaft leisten solle. Letztlich verliert Volpone aber seinen ganzen Reichtum an seinen Diener Mosca.

Unsere Colomba war übrigens mindestens so liebreizend, wie das aus dem Stück herauszulesen ist. Sie war ein bildhübsches Mädchen von 26 Jahren, mit schwarzen Haaren, dunklen Augen – und kein bisschen zimperlich.

Die Bühne wurde dominiert durch ein riesiges, quadratisches und von einem Baldachin überwölbten Bett. Dies war im Wesentlichen meine Spielstätte. Ich mimte dort für meine Leichen fleddernden Besucher den Todkranken und verließ mein Bett nur, um meiner Bosheit und Freude Ausdruck zu verleihen, wenn mir diese in ihrer Blindheit wieder einen goldenen Becher oder sonstige Kostbarkeiten ans Krankenlager gebracht hatten oder um den Morgen zu begrüßen und mich an einem frugalen Frühstück zu laben.

Dorthin also sollte – unter tatkräftiger Mithilfe meines Dieners Mosca – der geldgierige Corvino mir seine liebliche Colomba schicken. Und dort musste ich – durfte ich – laut Textbuch dieser hübschen Maid einen Kuss auf die Lippen drücken. Dass ich – also Volpone, **ich** wäre niemals auf den Gedanken gekommen – natürlich mehr wollte, versteht sich, aber das wurde sogar dem gutgläubigen Täubchen zu viel. Weswegen sie gellend um Hilfe schrie. Dies brachte einen zufällig vorhandenen Junker auf den Plan, der sie aus den Klauen des Wüstlings rettete.

Das hört sich für einen Laien einfach an, aber ich kann Ihnen sagen, so etwas kann gar nicht oft genug geprobt werden! Als wir uns das erste Mal mit dieser Szene beschäftigten, meinte der Regisseur offensichtlich selbst mit einem Anflug von Skepsis, wir sollten es halt einfach einmal versuchen. Als er uns danach fragte, wie wir uns fühlten, äußerte ich unverhohlene Begeisterung, während sie immerhin sagte „Ist schon ok." Dass dieses Mädchen wirklich nicht zimperlich war, stellte sich gegen Ende der Proben heraus. Ob wegen der Hitze oder aus Aufregung ob solcher heißen Scharmützel mit meiner Partnerin – ich bekam knapp eine Woche vor der Premiere einen Herpespinkel auf der Oberlippe! Mein Hautarzt verstand meinen Kummer und versuchte sein Bestes, aber wegzaubern lässt sich so etwas nicht. Die letzten Proben absolvierten wir, indem ich den Kuss nur andeutete. Nach der Generalprobe – der Herpes hatte sich noch keineswegs verflüchtigt, ich konnte ihn nur ein wenig wegschminken – war sie es, die sagte „Aber zur Premiere küssen wir uns schon richtig, gell, Herbert?"

Soweit sind wir aber in unserer Geschichte noch nicht. Das Problem bei kleinen Theatern ist – unter anderem – der Mangel an ausreichenden Räumlichkeiten. Da muss als Probebühne z.B. das Foyer herhalten oder ein Raum, der nicht annähernd die Maße der eigentlichen Bühne hat. Kulissen oder Mobiliar gibt es natürlich auch erst dann, wenn in der Endphase auf die Bühne gegangen wird. Und das ist allerfrühestens eine Woche vor der Premiere. Das besondere Problem in unserem Fall war das Bett. Es existierte davon zwar eine Idee im Kopf des Bühnenbildners, aber das Bett selbst würde noch lange nicht existieren und wenn, dann nur in Einzelteilen, da es von seinen Dimensionen her völlig undenkbar war, es z.B. im Foyer andauernd auf- und abzubauen. Einer unserer Mitwirkenden war Direktor einer Grundschule, Raum gab es dort am Abend zur Genüge, aber ein Bett konnte auch er nicht bieten.

In meinem Haus gibt es einen ziemlich ausgedehnten Dachboden, der im Wesentlichen von einer Tischtennisplatte dominiert wird – die lässt sich aber zusammenklappen und zur Seite rollen. Und es gibt ein Bett, zwar nur ein Einzelbett, aber immerhin. Meine Frau war für ein paar Tage verreist. Und so bot ich kurzerhand an, unsere nächste Probe auf meinen Dachboden zu verlegen.

Es war ein ausnehmend heißer Tag und direkt unter dem Dach staute sich die Hitze natürlich besonders. Deshalb hatten wir die großen Fenster auf der Ost- und Westseite sperrangelweit geöffnet, um zumindest ein wenig Zugluft zu bekommen. Wer gerade nicht benötigt wurde, versorgte sich aus dem Keller mit Wasser oder einem kühlen Bier und genoss den Schatten des Kastanienbaumes auf der Terrasse, während wir uns zwei Etagen weiter oben durch die Vergewaltigungsszene schwitzten. Ich küsste meine hübsche Partnerin und wollte ihr im zweiten Anlauf an die Wäsche, sie schrie um Hilfe und der Junker – das war in diesem Fall die Zweitbesetzung und er nahm sein Junkerhandwerk sehr ernst – stürzte laut brüllend herbei und riss mich von meinem Leckerbissen weg.

So etwas will gründlich und des Öfteren geübt sein, wenn es echt aussehen und – klingen soll. Also übten wir, bis auch wir uns dem Bier auf der Terrasse hingeben durften.

Einen Tag später, gegen Abend, kam meine Frau zurück. Und tags darauf ging sie zu unserem Metzger in der Dorfmitte, um für das Mittagessen einzukaufen.

Sie hatte das Fleisch noch nicht im Kühlschrank verstaut, da funkelte sie mich an, was ich denn in ihrer Abwesenheit getrieben hätte – das ganze Dorf rätsele, was sich vor ein paar Tagen in unserem Haus abgespielt habe. Da erinnerte ich mich, dass man gelegentlich auch das Quieken der Schweine vom Metzger her hören konnte, also mussten die Hilferufe wohl auch umgekehrt bis zur Dorfmitte getragen haben. Mein Nachbar schräg gegenüber gestand mir später, dass er schon das Telefon in der Hand gehabt habe, um eine Polizeistreife zu rufen. Aber als er das ganze Getümmel, die gellenden Hilferufe und das Gebrüll des „Junkers" quasi gleichlautend ein zweites Mal gehört habe, hätte er sich schon gedacht, dass der verrückte Professor auf seinem Dachboden irgendetwas inszeniere.

So ganz hat sie mir das, glaube ich, sowieso nicht abgenommen, meine Frau. Vorsichtshalber aber hat sie mir generelles Probenverbot in unserem Haus erteilt.

So eine Sonntagsfreude

Für Skifahrer, die sich abseits der Piste bewegen, sog. Tourengeher, gibt es zwei Schneearten, bei denen sie sich wie im Siebten Himmel fühlen: Einen grobkristallinen, staubtrocknen Pulver und körnig-griffigen Firn. Den einen findet man in der Regel im Hochwinter und auf nordseitigen Hängen, den anderen im Frühjahr auf den Südseiten. Und dann gibt es Bergflanken, die so steil sind, dass man sie sich ruhigen Gewissens nur auf Firn fahren trauen kann. Ein solcher Berg ist die Hohe Munde, die den Abschluss des Leutascher Tales bildet, das im Norden von den imposanten Felswänden des Wettersteins und im Süden von der Ahrnspitze und später den Miemingern begrenzt wird.

Die Munde hat einen nervenkitzlig steilen Südostrücken, der direkt auf das Leutascher Tal herabzieht. Steht man aber am Gipfel und wagt sich in die ersten Schwünge, dann gewinnt man den Eindruck, als würde man in das noch wesentlich tiefer gelegene Inntal hinunterfliegen. Wenn man das erste mulmige Gefühl überwunden und die nötige Sicherheit gefunden hat, dann ist es wahrlich ein Rausch, den griffigen Firn spritzen zu lassen, das scheinbare Hinabstürzen zu kontrollieren und den Fahrtwind im Gesicht zu spüren. Allerdings ist sie eine ziemlich kapriziöse Dame, die Hohe Munde. Man muss sie genau in der richtigen Stimmung erwischen. Ist die Nacht sternenklar und bitterkalt gewesen, so kann es sein, dass man für den Aufstieg über den beinhart gefrorenen Firn am sichersten mit Steigeisen geht. Ist dagegen das Frühjahr schon weit fortgeschritten, sind die Nächte nicht mehr so kalt, dann heißt es früh genug unterwegs zu sein, damit der von der Morgensonne geküsste

Schneepanzer über den Latschen noch trägt. Wenn man verschlafen hat und die Schneedecke beim Stapfen bricht, dann wird es so mühsam, dass man sich am besten geschlagen gibt und die Tour auf ein andermal verschiebt.

Es war das letzte Märzwochenende. Die Nächte waren noch kalt, so dass man davon ausgehen konnte, dass es oberhalb von 1300 m noch durchfror und am Morgen nicht nur die Oberfläche verharscht war. Der Wecker hatte uns kurz vor 4 Uhr aus dem Schlaf gerissen. Rucksäcke und Skiausrüstung hatte ich bereits am Abend im Auto verstaut. So ging es nur um Minimalkörperpflege und ein Minimalfrühstück, dann schlängelte ich mich vom Westende Münchens der Würm folgend hinüber nach Starnberg und auf die Olympiastraße nach Garmisch. Das Flüsschen dampfte und rollte gelegentliche Nebelballen über das gewundene Sträßchen, das erste Licht zauberte märchenhafte Feengestalten in das wild verwachsene Ufergestrüpp. Allein so früh auf der Straße zu sein, gibt mir das Gefühl, den anderen etwas vorauszuhaben, macht mich glücklich.

Von Mittenwald führt ein Sträßchen steil und in teilweise engen Kehren hinauf und hinein in's Leutascher Tal. So mancher Schweißtropfen liegt da von mir noch herum als wir als 18 – 20-jährige Samstag abends noch mit dem Rad und einem Rucksack voller schwerer Kletterutensilien uns hier herauf geschunden hatten. Aus dieser Zeit heraus war mir die kleine deutsche Grenzstation, die bergwärts an den Hang geklebt war, wohl bekannt. Und auch der Grenzbeamte, der dort in aller Regel anzutreffen war. Ein Philosoph in Grenzeruniform! Immer hatte er einen weisen Spruch für uns junge Burschen parat. Und er verfügte offensichtlich über ein immenses Wissen. Wenn er unsere Adressen im Pass studierte, klärte er uns über die Verdienste eines Herrn Sandrart und eines Herrn v. Ossietzky auf und wusste auch ansonsten auf jede Frage eine Antwort – nur bei den uns am meisten interessierenden Wetterprognosen war er zurückhaltend. Eben, ein weiser Mann!

Er war es, der mich und meine Frau an diesem Morgen kurz vor 6 Uhr „grenzpolizeilich" abfertigte. „So, in Quedlinburg san'S gebor'n?" entnahm er meinem Reisepass. „Da gibt's an Haufen Wildsäu, gell?" „Dös woaß i net", antwortete ich, „zu meiner Zeit hat's bloß an Haufen Russen geb'n". Die Wirkung dieser meiner Aussage war unvorhersehbar. Der zunächst unbeteiligte Beamten-Ausdruck seines ansonsten von Menschenliebe durchwirkten Gesichtes wandelte sich – wie soll ich mich ausdrücken? Langsam wäre ebenso falsch wie jäh, es war wie eine Zelebrierung. Ja, das ist das richtige Wort: Er zelebrierte die Veränderung seines Gesichtsausdrucks! Und dann troffen freudvolle Worte aus seinem Mund. „Ja, was hör' i denn? An boarischen Dialekt! Jetzt hab' i g'moant, Sie san a Preiss!" Und dann legte er gleich noch nach: „Ja so eine Sonntagsfreud! Wissen'S, wenn'S den ganzen Tag da herob'n steh'n und si allweil die gleichen saudummen Fragen anhör'n müass'n!! Sogar der Kooperator von Mittenwald hat g'sagt, de Preissn soll doch glei alle der Teifel hol'n!"

Dann fragte er noch schnell, wo wir denn hin wollten und als wir ihm die Hohe Munde als Ziel nannten, beglückwünschte er uns zu unserer Wahl und wünschte uns mit unverkennbarer Ehrlichkeit einen schönen Tag. Wie einfach, so dachte ich noch lange bei mir, kann man einen Menschen glücklich machen. Wir hatten ihm zu einem herrlichen, strahlenden Gebirgssonntagmorgen noch die adäquate metaphysische Korona geliefert und wir konnten uns auf unserem langen und beschwerlichen Weg zum Gipfel immer wieder an dieser Sonntagsfreude eines anderen freuen!

Nur der Vollständigkeit halber sei erwähnt, dass wir eine traumhafte Abfahrt hatten. Ich freute mich über diese morgendliche Begegnung, ich freute mich an dem wunderschönen Sonnentag, an den vielen wunderschönen Berggestalten – und ich freute mich an dem Geschick und dem Mut, mit denen mein Mädchen mit der beängstigenden Steilheit spielte.

Unsere Tante

Sie ist gestorben. Unsere jugendliche 98-jährige Tante. Und wäre so gerne 100 geworden. Vom physischen Herz und von ihrer Lebensphilosophie her hätte sie zweifellos das Zeug dazu gehabt.

Zittrig und zwinkerig war sie, seit ich sie kannte. Und zäh war sie, seit ich sie kannte. Und an für einen jungen Mann unangenehme Unarten kann ich mich bei ihr aus frühester Jugendzeit erinnern.

Ja, zittrig, zäh und Unart erstehen vor meinem geistigen Auge, wenn ich mich in die wundervolle Zeit zurück versetze, die ich jeweils in den Schulferien im Allgäu zunächst bei der Großmutter und später beim Onkel verbringen durfte. Dabei waren Großmutter und Onkel eine Einheit, solange die Großmutter lebte. Denn beide hausten zusammen mit einem echt südamerikanischen Papagei, den der südamerikanische Onkel einmal mitgebracht hatte. Die Wohnung im Anbau an eine herrlich nach Holz duftende Schreinerei befand sich im 1. Stock. Dort hinauf führte ein überdachter Treppenaufgang, der ebenso wie die gesamte Fassade mit den typischen runden Holzschindeln verkleidet war, wie man sie überwiegend im Allgäu und in der nördlichen Schweiz findet. Am Ende der äußeren Treppen gab es dann eine Tür, die zu den inneren, so wunderbar gruselig knarzenden Holzstufen öffnete. Vom oberen Absatz dieses Aufstieges ging es links in die Wohnstube und geradeaus auf ein abenteuerliches Plumpsklo, dessen Schüsselboden man mittels eines Hebels öffnen musste, damit das darauf Lagernde in die Tiefe plumpsen konnte.

Das Haus stand direkt gegenüber der schmucken kleinen Kapelle in dem beschaulichen Dörfchen Sigishofen. Der zwischen schroffe Felswände auf der Südseite und grasigen Hügelketten im Norden eingelagerte flache Talgrund zwischen Sonthofen und Oberstdorf war damals noch lange nicht so verbaut wie heutzutage und während ein norddeutsches Idiom unter gutturalem unverfälschten Einheimisch wie ein fremdleuchtender Fleck auf einem ansonsten tiefblauen Untergrund hervorstach, muss man heute Glück haben, um noch einmal in den Hör-Genuss ursprünglichen Dialekts zu kommen.

Die Tante arbeitete am Postamt in Sonthofen und später in Kempten, hatte ein eigenes Zimmer, kam aber oft nach Sigishofen zu Besuch. Außerdem war sie unverheiratet und ist es auch bis zum Schluss geblieben. Erst sehr viel später habe ich erfahren, dass ihr das Mauerblümchendasein nicht vorbestimmt war, dass sie durchaus Liebe kennengelernt hatte und ihr die Erfüllung von den Nazis geraubt worden war. Ihr Liebster war überzeugter Kommunist, was damals gleichbedeutend mit einem Todesurteil war, wenn man der Überzeugung allzu freie Zügel ließ. Und ein echter Allgäuer hat sich in seiner Meinungsäußerung noch nie sehr leicht bremsen lassen.

Unart und Treppenaufgang verbinden sich mir in einem Foto, das Großmutter, Mutter, Tante und mich aufgereiht auf eben diesem Aufgang zeigt. Dabei hat die hinter mir stehende Tante die Hände scheinbar auf meiner Schulter. Ich weiß aber noch wie heute, dass sie gerade wieder dabei war, meinen Hemdkragen zu richten und meine Haare glatt zu streichen. Mit anderen Worten, wenn ich ihr greifbar nahe kam, wurde an mir herumgefummelt. Und das konnte ich um die Welt nicht ausstehen! Insofern war unser Verhältnis damals nicht das Beste. Längst habe ich ihr das verziehen und in ihrem Unverheiratetsein auch eine plausible Erklärung für ihre unerwünschten Handgreiflichkeiten gefunden.

Ihre zittrigen Hände und das je nach Erregung unterschiedlich starke Augenzwinkern hat sicherlich mit dem Alter eine Steigerung erfahren, aber vorhanden war es schon immer. Auch wenn ich es visuell damals vielleicht gar nicht so registriert habe, aber dass das ohnehin unangenehme Zurechtrücken des Kragens durch das Gefühl, dass da ein Vibrator zugange war, verstärkt wurde, das ist mir durchaus in Erinnerung. Sehr viel später hat sie mir einmal erklärt, dass das ein nicht zu behebendes Nervenleiden war, das –obwohl sie das nicht gesagt hat – vermutlich mit dem tragischen Ende ihrer Liebe in Zusammenhang stand. (Erst vor kurzem habe ich gehört, dass bereits nach dem 1. Weltkrieg der Begriff des „Zittersoldaten" geprägt wurde, ein Phänomen, das im Licht der heutigen wissenschaftlichen Erkenntnis auf eine seelische Traumatisierung aufgrund der Kriegserlebnisse zurückzuführen war).

Das Zwinkern der Augen war – wie gesagt – vom Erregungszustand abhängig. Dazu bedurfte es allerdings keiner größeren Katastrophe, die einfache Schilderung meiner Bergtour, wenn ich sie im Alter bei der Heimfahrt kurz besuchte, war Auslöser genug. Wenn aber in besagter Schilderung doch eine kleinere Katastrophe im Spiel war, dass ich gerade noch einem üblen Gewitter entkommen oder einer Lawine von der Schippe gefahren war, konnte es schon einmal passieren, dass sich die Augenlider für einige Sekunden wie von einem Magneten gezogen in die Augenhöhlen falteten. Besonders intensiv ist mir dies in Erinnerung, als ich ihr einen insgeheimen Wunsch erfüllte. Sie war wieder einmal bei uns zu Besuch und irgendwie entschlüpfte ihr, dass sie mich, den professoralen Neffen, zu gerne einmal in einer Vorlesung erlebt hätte. „Ja, dann kommst du halt morgen einfach mit", habe ich ihr gesagt. Und als ich sie endlich davon überzeugt hatte, dass das ernst gemeint und auch gar kein Problem war, folgte sie mir anderntags wild zwinkernd in den Hörsaal. Ich setzte sie in die erste Reihe, erläuterte meinen Studenten – nun meinerseits zwinkernd – dass sie eine neue junge Kommilitonin bekommen hätten und begann damit, irgendwelche Formeln herzuleiten und ihre Anwendung zu erläutern. Die Zwinkerfrequenz nahm beängstigende Dimensionen an und nach einer knappen halben Stunde erhob sie sich und verließ mit flatternden Augenlidern den Raum.

Ich hatte ihr vorher ausdrücklich gesagt, dass sie so lange bleiben solle, wie es ihr Spaß mache und dass sie jederzeit und ohne Hemmungen gehen könne. Trotzdem ließ sie unverhältnismäßig lang nichts von sich hören, als sie wieder nach Hause zurückgekehrt war, so dass schließlich ich sie anrief. „Ach, ich bin ja so froh, dass du anrufst, ich hab schon gedacht, du bist mir bös, weil ich da aus deiner Vorlesung davon gelaufen bin." Ich konnte förmlich das Augendeckel-Stakkato durchs Telefon spüren! Als ich sie endlich einigermaßen beruhigt hatte, dass dem keineswegs so sei, kannte aber die Lobeshymne, wie sehr sie von mir beeindruckt sei, kaum Grenzen.

Bleibt noch das Attribut „zäh", das ich ihr eingangs zugemessen hatte. Wirklich wahrgenommen habe ich das eigentlich erst, als sie schon alt war. Als Jugendlicher hätte ich sie wohl eher als spartanisch bezeichnet. Dass sie aber auch in jungen Jahren zäh gewesen war, nein, dass Zähigkeit geradezu eine Überlebensnotwendigkeit war, das habe ich aus den Fotoalben meines Onkels ebenso wie aus seltenen Erzählungen desselben eher erahnt. Die „alte" Tante hat uns dann mit **ihrer** Darlegung mancher Ereignisse verdeutlicht, dass die Ahnungen den Tatsachen gelegentlich weit hinterher hinkten. Sie war nämlich genauso „bergnarrisch" wie es ihre Neffen später angesichts der Allgäuer Bergkulisse und durch die initialzündende Anleitung des Allgäuer Onkels geworden sind. Natürlich war es für sie naheliegend, sich für jedwede alpine Unternehmungen in die Obhut ihres großen Bruders zu geben. Der war aber ein Mann weniger und wenn, dann deftiger Worte. Das hatte mich zwar gelegentlich, wenn ich ihm als Bub in den Ferien auf seiner Hütte helfen durfte, ein wenig eingeschüchtert, insgesamt aber genoss ich diese männliche Ungehobeltheit sehr. Ich habe bei ihm gelernt, die Zähne zusammenzubeißen, nicht klein beizugeben und ein winziges anerkennendes Lächeln auf seinen Lippen, die ständig entweder einen Zigarettenstummel oder einen Holzspan gefangen hielten, zu schätzen. Und ich bin ihm noch heute dankbar dafür!

Die Tante hat ihn offensichtlich noch weit mehr vergöttert als ich. Aber sie war nun einmal eine Schwester und da war Nachsicht noch weit weniger am Platz als bei einem Neffen. Da wurde nicht gemeinsam geplant, gemeinsam überlegt, ob das Wetter stabil genug war, ob man der Route technisch und konditionell gewachsen war, da hieß es nur „Morge gand mr in d'Weschtwand". Um 5 Uhr werde aufgebrochen – und wenn sie um 5 Uhr nicht zur Stelle war, war er weg.

Die herrlichste Geschichte für mich war – und die konnte ich immer wieder mit Begeisterung hören – als sie einmal gemeinsam im italienisch sprachigen Gebiet der Bernina unterwegs waren. Um sich dafür etwas zu wappnen, hatten sie einen Italienischkurs belegt. Der Onkel verfolgte die fremdländischen Unterweisungen eher zurückhaltend, während sich die Tante mit Feuereifer dem Erlernen der italienischen Sprache widmete. Als sie dann vor Ort in einem Gasthaus eine Kleinigkeit zu sich nehmen wollten und der Tante der Name dessen, was sie bestellen wollte, nicht einfiel, erhielt sie auf ihr Hilfeersuchen an den großen Bruder nur die Antwort, er wüsste es zwar, aber **sie** sei doch im Italienischkurs immer die Beste gewesen. Dazu stellte ich mir dann immer eine vergleichbare Situation mit meinem Lateinlehrer vor und mich durchfloss wohlige Wärme.

Ja, ihre Zähigkeit wurde mir erst richtig bewusst, als sie schon alt war. Sie muss so um die 88 gewesen sein, als sie ein Autofahrer bei Regenwetter auf die Haube genommen hat und sie mit einem gebrochenen Bein und anderen Blessuren ins Krankenhaus eingeliefert wurde. Keiner von uns glaubte, dass sie dort noch einmal lebend heraus kommen würde. Auch die Ärzte äußerten sich sehr skeptisch. Aber sie verblüffte uns und die Ärzte, kam auf Reha und wieder zurück in ihre Wohnung, wo sie sich mit Unterstützung der Nachbarn immer noch selbst versorgte. Von Altersheim wollte sie partout nichts hören und allmählich wurde sie auch immer sicherer mit ihrer fahrbaren Gehhilfe. Was ich aber besonders an ihr bewundert habe, dass ich in dieser Zeit von ihr nie ein selbstbemitleidendes Jammern oder Klagen gehört habe. Wenn ich mit ihr telefonierte und vorsichtig anfragte, wie es ihr denn gehe, war die Standardantwort „I bin scho z'friede". Nein, ganz stimmt das doch nicht. Als ich sie in der Reha anrief, beklagt sie sich anfangs bitter über das Essen. An den berühmten Allgäuer Kässpatzen versuchte sich dort offenbar ein nicht einheimischer Koch. Da kann ich ihren heiligen Zorn allerdings gut verstehen, denn ich verstehe es auch nicht, dass einem da oft genug ein versalzenes, fetttriefendes Produkt serviert wird, das mit echten Kasspatzen wahrlich nichts gemein hat.

Ja, so genügsam sie ansonsten war, **wenn** sie einmal in ein Restaurant geführt wurde, dann mussten sich die Restaurantbetreiber vor ihrem Urteil ähnlich fürchten wie vor dem eines Michelin-Testessers. Wenn ich mich recht erinnere, hatte unser südamerikanischer Cousin damit begonnen, seinen runden Geburtstag auf dem Buchenberg, dort wo das Elternhaus der Tante gestanden hatte, mit der ganzen verbliebenen Verwandtschaft zu feiern. Und das hatte ein Großteil von uns übernommen. In Sonderheit wurden aber die Geburtstage der Tante an diesem herrlichen Flecken oberhalb Kempten begangen. Wir waren, so meine ich mich zu erinnern, an und für sich alle ganz zufrieden mit der Bewirtung und den Speisen, die man uns serviert hatte. Nicht so unsere Tante! Sie stocherte wild zwinkernd in ihrem Essen herum und räsonierte ungehalten, dass das niemals das sei, was sie bestellt habe. (Es stellte sich dann heraus, dass sie sich tatsächlich unter dem Bestellten etwas ganz anderes vorgestellt hatte). 14 Tage später hatte mich das stabile Herbstwetter noch einmal ins Allgäu gelockt und ich war dem Hochvogel von Hinterhornbach her auf's Haupt gestiegen. Vom Gipfel aus rief ich sie an. Das hatte ich mir, seit ich auch zu den Handy-Besitzern zählte, angewöhnt, weil ich wusste, dass ich ihr damit eine große Freude machen und sie sich mit mir an meinem Gipfelglück begeistern konnte. Dieses Mal nahm sie aber mein „Ich grüße dich vom Gipfel des Hochvogels" lediglich mit einem kurzen „Ja was" zur Kenntnis, um mich dann gleich noch einmal zu befragen, ob ich das Essen zu ihrem Geburtstag auch so miserabel gefunden hätte.

Es hat mich für sie gefreut, dass sie so lange in ihren eigenen vier Wänden zurechtgekommen ist. Denn der Gedanke, mich in einem Altersheim begraben lassen zu müssen, ist mir, obwohl ich hoffe noch ein Weilchen vor dieser Fragestellung bewahrt zu bleiben, jetzt schon ein Graus. Insbesondere weil ich miterleben musste, wie unser Vater, der an und für sich noch geistig recht rege war, dann im Altersheim innerhalb kürzester Zeit in sich zusammengesackt und dann auch bald gestorben ist. Dass wir, die Söhne, ihn dazu gedrängt haben, hatte allerdings einen Hintergrund: Offenbar wegen Ohrenschmerzen hatte er sich einmal mit einer Schreibtischlampe neben seinem Kopf ins Bett gelegt und war dabei eingeschlafen. Die Ambulanzschwester, die zufällig vorbei kam, konnte das Schlimmste verhindern und den Schwelbrand der Matratze löschen. Nicht nur wären die giftigen Dämpfe sein sicherer Tod gewesen, der ganze Wohnblock hätte in Flammen stehen können.

Das ist freilich immer eine gewisse Gefahr bei alten Menschen, die allein für sich hausen, dass da etwas Unvorhergesehenes passiert, sie stürzen und sich selbst nicht mehr helfen können, die Herdplatte oder die Höhensonne nicht abgeschaltet, der Wasserhahn nicht zugedreht wird. So habe auch ich einmal aus dem fernen Würzburg die Kemptener Polizei aktiviert, nachdem das Telefon der Tante über Tage hinweg immer nur das Besetztzeichen ausspuckte. Anderntags bekam ich dann den Anruf einer höchst lebendigen und aufgebrachten Tante: Gestern seien mehrere Polizeibeamte unterstützt von Schlüsseldienst und zwei Sanitätern vor ihrer Tür gestanden und wer denn das veranlasst habe?! Ja, zugegebenermaßen, das Telefon sei nicht aufgelegt gewesen, aber deswegen, müsse man doch nicht gleich die Polizei mobilisieren.

Und dann ist doch etwas geschehen, das sie bewogen hat, ihre Aversion gegen das Altersheim zu überwinden. Genügsam und sparsam wie sie war, hatte sie offensichtlich das Verfallsdatum irgendwelcher Lebensmittel geflissentlich übersehen. Eine Nachbarin, die einen Schlüssel zu ihrer Wohnung hatte, hat sie gerade noch rechtzeitig gefunden, fast so grün und angeschimmelt wie die fraglichen Lebensmittel. Auch damals hätten die Ärzte der Intensivstation keine 5 Cent verwettet, dass sie es noch einmal schaffen würde. Aber sie schaffte – und hatte noch ein paar wirklich lebenswerte Jahre in einem Altersheim, das ich nur in den höchsten Tönen loben kann. Sie hatte ein eigenes, sonniges Zimmer mit freiem Blick auf einen heimeigenen, mit hohen Bäumen bestandenen Park, das Personal habe ich nie anders als freundlich und effizient erlebt und – was besonders wichtig war – sie war sogar mit dem Essen sehr zufrieden. Es gab sowohl körperliche als auch geistige Trainingsprogramme und damit verbunden natürlich einen ganz persönlichen Wettbewerb. Wenn ich auf der Heimfahrt von einer Bergtour bei ihr Station machte und mit ihr eine Runde durch den Park drehte, zeigte sie sichtlich befriedigt auf

Greisengestalten, die sich kaum fortbewegen konnten, aber um einiges jünger waren als sie. Diesen Wettbewerbsgedanken hatte ich schon bei unserem Vater beobachtet, wenn er mit traurigem Unterton berichtete, dass der oder jener aus seinem Bekanntenkreis das Zeitliche gesegnet habe, und dabei unverhohlen die Befriedigung darüber durchschimmerte, dass er wieder einen überlebt hatte.

Ich bin sehr dankbar dafür, dass ich noch ein besonderes Erlebnis mit ihr teilen durfte. Nachdem sie uns alle mit der Nachricht verblüfft hatte, dass sie sich mit 90 Jahren in die Obhut eines Motorseglers begeben hatte – sogar die regionale Zeitung hatte darüber ausführlich und mit Bild berichtet – schenkten wir ihr zum 95. einen Gutschein für eine Ballonfahrt. Wir hatten 140 EUR gesammelt und ich wurde damit beauftragt, das ganze in die Tat umzusetzen. Nun ist Ballonfahren nicht nur vom Wetter sondern auch von der Jahreszeit abhängig und nachdem das – kombiniert mit meiner zeitlichen Verfügbarkeit – nie so recht zusammenpassen wollte, dauerte es 2 Jahre bis eine Verwirklichung möglich erschien. Im Internet hatte ich entsprechende Adressen recherchiert, der Wetterdienst kündigte ideales Herbstwetter an und ich wollte mir ohnehin ein paar Gebirgstage gönnen. Nur die Tante konnte ich nicht erreichen. Also verpflichtete ich meine Tochter, das für mich zu erledigen. Ich würde sie dann übers Handy aus dem Gebirge anrufen.

Es kann ja zweifellos ein nützliches Utensil sein, so ein Handy, aber leider hat man – zumindest dort, wo ich mich herumtreibe – kein Netz und im konkreten Fall war vom vielen Probieren, der Akku leer, als ich endlich eine Verbindung bekommen hätte. Als ich im Tal von einem Gasthaus

aus endlich mit meiner Tochter in Kontakt kam, erhielt ich folgende erstaunliche Auskunft: Erstens sei die Tante ziemlich stark erkältet – das würde mir nicht das Wörtchen „erstaunlich" entlockt haben – und zweitens habe sie sich erkundigt und dabei herausgefunden, dass die Ballonkörbe 1.60 m hoch seien, und nachdem sie nur wenig über 1.50 messe, wäre für sie die ganze Ballonfahrerei uninteressant.

Ob sie denn einfach ein Alpenflug mit einem Sportflugzeug freuen würde, habe ich sie gefragt, nachdem sie wieder einigermaßen genesen war. Nach einem ehrlich freudigen „Ja" wollte ich Nägel mit Köpfen machen, habe wieder das Internet durchforstet und gleich einen Termin arrangiert. Ich hatte mich knapp 2 Stunden vor Sonnenuntergang mit dem Piloten am Kemptener Flugplatz verabredet. Dieser „flog" allerdings mit gut einer halben Stunde Verspätung ein, weil er im Stau gesteckt hatte. Er war aber ein sehr sympathischer junger Mann, war sichtlich vom Mut der Tante beeindruckt und war unverkennbar bemüht, ihr diesen Flug so angenehm wie möglich zu gestalten. Also fragte er sie, ob sie einen besonderen Wunsch habe, wo wir hinfliegen sollten. Ohne das geringste zögernde Überlegen erhielt er die Antwort: „Zum Matterhorn"! Das überrumpelte für einen Moment den Piloten und auch mich. Der Pilot fing sich als erster und erklärte ihr, dass es dafür schon zu spät sei. Darüber war ich recht froh, denn ich hätte es nicht übers Herz gebracht, ihr zu erklären, dass ich das Flugzeug nur für eine Stunde und nicht für eine Woche gechartert hatte.

Ersatzweise einigten wir uns darauf, zunächst ihre geliebten Allgäuer Berge zu überfliegen und – quasi als Umkehrpunkt – die Zugspitze auf Gipfelhöhe zu umkreisen. Kaum waren wir in der Luft und der Pilot hatte uns erklärt, dass er sich erst kurz vor Oberstdorf in mehreren Schleifen auf die nötige Höhe schrauben werde, da wünschte sie mit indigniertem Unterton zu wissen, warum wir denn so langsam flögen. (Ich versprach ihr, als wir wieder am Boden waren, dass ich alles daran setzen würde, ihr zu ihrem 100. einen Tornado-Flug zu ermöglichen).

Über den Gipfeln angekommen erstaunte sie den Piloten, indem sie jeden Berg zu benennen wusste und ihm erklärte, dass sie auf jedem wenigstens einmal, auf den meisten aber mehrere Male gewesen war. Nur bezüglich der am südlichen Horizont im Abendlicht strahlend aufgereihten Eisberge holte sie sich bei mir Auskunft ein. Als wir uns unserem Umkehrpunkt näherten, fragte der Pilot vorsichtshalber bei mir nach, ob man der Tante denn die Höhe von 3000 m zumuten könne, da er sonst nur im tieferen Bereich vorbeifliegen würde. Das konnte ich freilich aus medizinischer Perspektive auch nicht beantworten, aber ich sagte mir, wenn sie es nicht aushalten würde – könnte es einen schöneren Tod als mit dem Blick auf ihre geliebten Berge geben? Natürlich hätten sie vermutlich 4000 m auch nicht umgebracht und die schaurig schöne Umrundung des Zugspitzgipfels machte ihr zwar offensichtlichen Spaß, aber über Gebühr schien sie nicht beeindruckt. Schaurig schön deshalb, weil sich, wenn man vom vergleichsweise harmlosen Platt einfliegend den Grat zwischen Zugspitze und Alpspitze überquert, urplötzlich ein 1000 m tiefer Abgrund auftut, der selbst mir, der ich mich dort schon des Öfteren getummelt hatte, ein flaues Gefühl im Magen verursachte.

Wir hätten es schöner nicht treffen können, als wir im letzten Abendlicht entlang der Tannheimer Berge wieder auf unseren Ausgangsort zu flogen. Ich war begeistert von diesem Erlebnis, sie hatte ganz offensichtlich ihre Freude daran gehabt – und das freute mich.

Ein Jahr später kam der Anruf von meinem Bruder, dass sie nach einem Sturz mit gebrochenem Oberschenkel im Krankenhaus liege. Das war selbst für sie, die Zähigkeit in Person, nicht mehr durchzustehen. Ich habe sie nicht mehr lebend gesehen. Und ich bin froh darum. Es wäre mir arg gewesen, diese bemerkenswerte Frau nur noch röchelnd und durch die Strapazen des nahenden Todes verunstaltet in Erinnerung haben zu müssen.

Auch wenn sie die hundert nicht erreicht hat, sie hat sich würdig aus diesem Leben verabschiedet. Einen Tag vor ihrem Tod hat sie mein Bruder besucht. Sie hat zu diesem Zeitpunkt kaum noch Nahrung oder Flüssiges zu sich genommen, war auch beinahe nicht mehr ansprechbar. Da hat sie plötzlich die Augen geöffnet und geflüstert: „I hätt gern no a Glas Sekt mit Erdbeergschmack.“

Mein Bruder hat ihr den Wunsch erfüllt. Ich tue mir zwar schwer, ihr den Erdbeergeschmack zu vergeben, aber ich habe mir fest vorgenommen, falls irgend möglich ähnlich beschwingt aus dem Leben zu scheiden!

Weißt du noch, wir zwei..?

„Gell, dann bist'd es doch", schrie der morgendliche Anrufer durchs Telefon, als ich ihm sagte, dass ich einmal in München bzw. davor ein paar Jahre außerhalb von München, in Türkenfeld, gelebt hatte. Vorausgegangen war diesem Anruf am Abend zuvor die Ausstrahlung der Sendung „Gaudimax" im Bayerischen Fernsehen, in der ich Witze erzählend den Sieg davongetragen hatte. Über ein unverhofftes Casting war ich dort – überredet von meiner jüngsten Tochter – als Kandidat gelandet. Der Moderator, Gerd Rubenbauer, war natürlich begeistert, dass er da einen leibhaftigen Professor in seinem Witz-Team präsentieren konnte und ließ sich die Gelegenheit nicht entgehen, das auch entsprechend in seine Moderation einzubauen. Daher klang der Anruf in etwa so: „Entschuldigen Sie, Herr Professor, ich habe Sie gestern im Fernsehen gesehen. Könnte es sein, dass Sie einmal in der Nähe von München gewohnt haben"? Um dann, nach diesem – in einwandfrei artikuliertem Hochdeutsch vorgetragenen – Eingangssatz, in dem oben geschilderten Ausruf fortgeführt zu werden.

3 Jahre hatte ich in Türkenfeld zusammen mit 43 Dorfkindern die dortige Volksschule besucht. Und nun sah mich – nach mehr als 50 Jahren – einer meiner ehemaligen Klassenkameraden über den Bildschirm witzeln und erkannte mich! Nun ja, eine einprägsame Figur war ich vermutlich damals. Nicht nur war ich der Kleinste in der Klasse, ich war auch ausgestattet mit einem feuerroten Haarschopf und einem aus dem Harz importierten Dialekt.

Man würde in regelmäßigen Abständen in eben unserem Heimatdorf Klassentreffen abhalten und ich sei der einzige, der als verschollen gegolten habe. Das nächste Mal würde man mich auf alle Fälle dazu einladen, versprach mir mein Entdecker. Und ich müsse unbedingt kommen!

Es war inzwischen schon das 3. Mal, dass ich zu diesem Klassentreffen in das Dorf meiner Jugend anreiste, nachdem mich mein aufmerksamer Mitschüler identifiziert hatte. Und es war ein besonderes Jahr: Vor 60 Jahren hatten wir unsere Karriere als mehr oder weniger strebsame Schüler begonnen. Zu diesem Anlass war nicht nur eine reich verheiratete Mitschülerin aus dem fernen Kalifornien angereist, sondern auch eine – ihrer mondänen Kleidung nach zu schließen – ebenfalls nicht gerade am Hungertuch nagende Dame aus Frankfurt.

Als ich mich das erste Mal zu diesem schon über Jahrzehnte hinweg zelebrierten Klassentreffen aufmachte, wurde ich während der Fahrt gen Süden immer unsicherer. „Was willst du denn da, du kennst doch sowieso niemanden mehr. Wahrscheinlich hockst du da als rechter Fremdkörper herum." Aber erstaunlicherweise konnte ich mich noch an die meisten Gesichter erinnern. Gesichter der Männer. Die einstigen Mitschülerinnen waren mir jedoch durchwegs fremd. Schlimmer noch, mir fehlte überhaupt jedwede Erinnerung und die damalige Weiblichkeit bzw. irgendeine Begebenheit, die ich mit einer von ihnen in Verbindung hätte bringen können. Ja, bei den Buben war das anders: „Du hast doch da am Waldrand gewohnt, in dem Haus, das wie ein Jagdhaus ausgesehen hat? – Und du auf dem Weg zum Fußballplatz. Ist da nicht irgend so eine Fabrikruine herumgestanden? – Weißt du noch, wie wir an dem kleinen Hügel hinter der Kirche immer Skispringen ohne Ski probiert haben? – Warst du nicht der, den ich einmal im Winter in den Dorfteich geworfen habe, weil du die Eisscholle, die ich mühsam herausgefischt hatte, wieder hinein geschubst hast?" Mädchen? Ja, die hat es gegeben. Aber da hat sich keine durch besondere Auffälligkeiten in meinem Gedächtnis eingenistet. Vielleicht wusste ich damals schon, dass Mädchen unterhalb der Taille anders beschaffen sind als wir Buben – aber sicher bin ich mir nicht! Zumindest hat es mich nicht weiter interessiert.

„Weißt du noch, Herbert, wir zwei??", strahlte mich ausgerechnet die mondäne Frankfurterin an. Dabei zauberte sie ein verschwörerisches Lächeln auf ihre grell geschminkten Lippen, als hätten wir uns damals zweimal die Woche an der Waldlichtung bei dem Jägerstand getroffen. Sollte ich doch nicht so ein „Igitt – ein Mädchen" Idiot gewesen sein? Hatte ich mein frühes Don Juan Dasein nur verdrängt?

Sie interpretierte meinen Gesichtsausdruck, der zwischen „keine Ahnung" und „möchte gern Don-Juan gewesen sein" schwankte, richtig und klärte mich auf: In der 4. Klasse war unser Lehrer völlig unerwartet gestorben und wir beide, als die Besten bei den Buben bzw. Mädchen, waren auserkoren, am Grab ein Gedicht aufzusagen.

Seine letzte Ruhestätte sollte der arme Kerl aber nicht im Dorf seines lehrerischen Wirkens finden, sondern dort, wo er herstammte, irgendwo in der Holledau. Das bedeutete eine mehrstündige Busfahrt. Das wäre sicherlich damals eine aufregende Unternehmung gewesen, wenn mein seeuntüchtiger Magen sich nicht gleichermaßen für Busfahrten ungeeignet erwiesen hätte. Und so war mir speiübel, als ich meinem Lehrer noch ein paar gereimte salbungsvolle Worte mit auf seine letzte Reise geben sollte. Immerhin gelang es mir meinen Text abzuliefern, wobei ich keinen Gedanken an Betonung oder künstlerischen Vortrag verschwendete, sondern nur darauf bedacht war, nicht in die Grube zu kotzen. Dafür wäre meine Begleiterin beinahe selbst hineingefallen. Sie heulte Rotz und Wasser, brachte keinen Ton hervor und wankte bedenklich am Grabesrand.

Das Schlimmste allerdings stand mir noch bevor! Wie sich das in Bayern gehört, ging es nach der Beerdigung ins Wirtshaus zum Leichenschmaus. Und dass sich die bäuerliche Verwandtschaft den Fast-Münchnern gegenüber nicht lumpen lassen wollte, versteht sich von selbst. Erbsensuppe mit 2 (i.W. zwei) Würstln, Schweinebraten mit Kraut und Knödeln, wobei die Portion fast einer viertelten Sau entsprach und für hernach einen sich biegenden Tisch mit fetten Torten! Und das 1950! Zu einer Zeit, da es bei uns meist nur am Sonntag eine dünne Scheibe Fleisch gab!

Ja, daran konnte ich mich noch lebhaft erinnern, als mir meine Frankfurterin erläuterte, was sich hinter dem „Weißt du noch, Herbert, wir zwei?" verbarg! Und ich tue mir heute noch leid, dass ich mich mit ein paar Löffeln Suppe begnügen musste, wo ich mich ansonsten mit all den ausgebreiteten Köstlichkeiten vollgestopft hätte. Allerdings ist nicht auszuschließen, dass mir davon dann schlecht geworden wäre.

Monte Viso

Es war nicht mehr als ein Gerücht, das ich da schon seit Jahren mit mir herumtrug: Ganz in der Nähe von Turin, ja sogar südlich von Turin, also schon weit südlich des Alpenkamms solle ein Fast-Viertausender stehen. Wenn dem wirklich so wäre, so schloss ich messerscharf, dann musste der Bursche sich ja gut 3000 m aus der Ebene erheben – das waren nicht nur Himalajadimensionen, das war außerdem schier unglaublich – und folglich eine Herausforderung! In einem der bekannten Pause-Bücher – die von den 100 schönsten Wanderungen bis zu den 100 schönsten Extremklettertouren – entdeckte ich ihn tatsächlich und fand heraus, das man an ihm durchaus anspruchsvolle Kletterrouten finden konnte, dass aber der Normalweg zwar als alpin und anspruchsvoll einzuschätzen sei, aber auch von einem versierten Normalbergsteiger bewältigt werden könne. Das war wichtig, denn vermutlich würde ich ihn – wenn sich die Gelegenheit ergab – mir allein vornehmen müssen.

Die erste Sondierungsgelegenheit ergab sich im Zusammenhang mit unserem geplanten Sardinienurlaub. Wie schon einmal praktiziert, wollten wir getrennt anreisen, ich mit dem Wohnmobil, das uns ja auf Sardinien als mobile Wohnstatt dienen sollte und meine Frau per Ryan Air – in wenigen Stunden und für 6.99 EUR. Das ist nun keinesfalls so zu verstehen, dass ich mich mit dieser einsamen Anfahrt für unseren gemeinsamen Urlaub aufopferte, sondern wir empfanden das beide als sehr angenehm, meine Frau, weil ihr eine lange, laute – das Vehikel war ein umgebautes Baustellenfahrzeug der Marke FIAT – erspart blieb und ich, weil ich meine Route, meine Rastplätze, meine Fahrweise wählen konnte, wie ich wollte. Und in diesem besonderen Fall, wollte ich meinen Anreiseweg zum Fährhafen Livorno so legen, dass ich ganz zufällig in der Nähe des Monte Viso vorbeikommen würde. Nicht, um ihn zu besteigen – das wäre Ende März schließlich noch eine Winterbegehung gewesen – sondern, um einfach noch einmal vor Ort zu verifizieren, dass er wirklich da war und gegebenenfalls einen Blick auf ihn zu werfen.

Als sehr ergiebig erwies sich dieser Umweg indessen nicht. Ich fand zwar kurz vor Einbruch der Dunkelheit den Einschlupf in das richtige Tal und einen schönen Platz für die Nacht abseits der Straße, direkt am Ufer des noch sehr jungen Po, aber dann setzte während der Nacht Regen ein und am Morgen lagen ca. 10 cm Schnee. Gelobt sei die Faulheit! Ich war nämlich nicht mehr dazu gekommen, die Winterreifen gegen die Sommerreifen zu tauschen. Und ohne Winterreifen hätte ich es ganz sicher nicht zurück auf die Straße geschafft.

Überflüssig, zu sagen, dass aus der Besichtigung des Objektes meiner Begierde nichts wurde.

Das gleiche Jahr wartet mit einem Bilderbuch-Herbst auf. Drei Jahre zuvor war ich – angelockt von einem ähnlich verlockenden Herbstwetter – mit meinem Sohn in einer Bergregion gelandet, die mir genauso unbekannt war, wie der Monte Viso: die Bergamasker Alpen. Das Gebiet zwischen Gardasee im Osten und Comer See im Westen und dem Valle Valtellina im Norden ist von Bergsteigern extremerer Art weitgehend unberührt, schließlich können Bergell und Bernina im Norden und die Dolomiten im Nordosten mit wesentlich spektakulären Szenerien aufwarten. Entsprechend einsam geht es dort zu. Ende September – und das bei solchen fantastischen Wetterverhältnissen – waren die Hütten bereits geschlossen! Dort, wo wir nach einer sehr dürftig beschriebenen Kletterroute suchten, waren lediglich zwei wilde Gestalten mit Ausbesserungsarbeiten an der schön gelegenen Hütte beschäftigt und ein alter Jäger leistete ihnen Gesellschaft, ansonsten waren wir völlig allein.

Ich war jedenfalls von den malerischen Bergseen, der bei durchaus vorhandenen schroffen Felsfiguren insgesamt lieblichen Atmosphäre dieses Gebirges, dieser Ursprünglichkeit begeistert gewesen. Ein herrliches Wandergebirge! Das herrliche Herbstwetter schwemmt die Erinnerung an diese wundervollen Tage mit meinem Filius wieder ins Gedächtnis – warum eigentlich sollte ich nicht mit solchen Freuden auch meiner Frau eine Freude machen? Ein Blick ins Internet bringt zutage, dass Ryan Air auch nach Bergamo fliegt und so praktizieren wir unsere bewährte Reiseaufteilung. Ich starte mit meinem Camper ein paar Tage früher, habe genügend Zeit, die Gegend schon einmal ein wenig zu sondieren und spät nachts nehme ich meine müde Flugpassagierin am Flughafen Bergamo in die Arme, um sie für den kurzen Rest der Nacht an einen Platz am Bach zu verfrachten, den ich schon als unseren Schlafplatz auserkoren hatte.

Anderntags blinzelt sie freudig in einen blitzblanken Herbstmorgen. Erst jetzt berichtet sie mir von Regen und Kälte in der Heimat. Doppelte Freude!

Wir verleben herrliche 6 Tage zusammen, auf einsamen, abwechslungsreichen Wanderwegen, an hoch über dem Tal gelegenen Stellplätzen für unsere mobile Behausung, wir freuen uns an den ersten wärmenden Sonnenstrahlen am

Morgen und begeistern uns an dem Farbenspiel des verlöschenden Tages, ich entführe sie zu einem Platz einige hundert Meter hoch über dem Lago d'Iseo, wo ich vor einigen Jahren bei einer meiner Ski-Unternehmungen einen späten Platz für mein kleines Zelt gefunden hatte. Es freut mich, dass ich sie an meiner damaligen Freude teilhaben lassen kann und freue mich an ihrer Freude.

Im Hinterkopf war der Plan natürlich unter „Verschiedenes" abgelegt, aber dass ich mit der klaren Zielsetzung in diesen Kurzurlaub gestartet wäre, von hier aus noch einmal einen Versuch am Monte Viso zu starten, kann ich eigentlich nicht sagen. Doch das Wetter macht einen absolut stabilen Eindruck und wenn ich nun schon einmal soweit südlich bin – das schreit ja förmlich danach, den Plan aus dem Hinterkopf hervorzuholen!

Es ist der 30. September. Kurz nach 4 Uhr beginnt unser letzter gemeinsamer Morgen und um 5:45 Uhr entlasse ich mein Weibchen in Bergamo in die Obhut von Ryan Air. Über Mailand, Novara, Alba, Saluzzo nähere ich mich dem Ziel meiner Wünsche. Vorbei an meinem winterlichen März-Nächtigungsplatz geht es hinauf nach Crissolo, dem letzten größeren Ort. Die Häuser sind mit Granitplatten gedeckt und auch durch andere Eigenheiten weist der Fleck alle Attribute eines Hochgebirgsdorfes auf. Gegen 15 Uhr entdecke ich abseits der Straße, die hinaufführt bis auf knapp 2000 m zum Pian del Re einen Platz auf ca. 1500 m für meinen Bus, wie aus dem Bilderbuch herauskopiert: Eine Almwiese, ein ebenes Stückchen Schotterstraße vor einer Brücke über die herrlich klaren Wasser des jugendlichen Po, lichte Lärchen, fantastische Felsbrocken – und noch ausreichend Sonne! Ich fahre noch hinauf bis auf ca. 1800, sehe meinen Berg das erste Mal. Ich habe noch nie vor einem so hoch wirkenden Berg gestanden: Auf relativ kurze Entfernung türmt sich bedrohlich dunkler Fels, der von einem leichten Nebel mystifiziert wird, 2000 m in die Höhe!

Nachdem ich in Erfahrung gebracht habe, dass die Hütte, von der aus man üblicherweise den Gipfel in Angriff nimmt, bereits geschlossen ist, steht mein Entschluss bald fest: Ich werde mir noch einen schönen Abend machen an meinem Traumplatz und versuchen, aus den 2000 Höhenmetern eine Tagestour zu machen. Es gibt Karnickelkeule in und mit Weißwein, Zucchinigemüse und dazu Klarinetten-Jubel von der Sabine Meyer. Dann schlupfe ich müde, glücklich und ein wenig angespannt in meinen Schlafsack.

Um 4 Uhr stelle ich Wasser für den Kaffee auf. Als ich bei mir das Wasser ablasse, muss ich feststellen, dass der Himmel sich recht wolkig präsentiert. Soll ich mich gleich wieder in den Schlafsack verkriechen? Aber jetzt bin ich schon einmal wach. Eigentlich wollte ich bacon and eggs machen, das ist mir aber doch zu aufwendig. Ein Schüsselchen Müsli, dann noch einmal ein Blick vor den Bus: Habe ich nur die Augen nicht richtig aufgebracht? Die Sterne strahlen von einem völlig ungetrübten Himmel, den Mond kann ich erahnen.

Wie ein Untier brüllt mein Bus durch die stille Nacht hinauf zum Pian del Re. Es ist 5 Uhr als ich meinen Rucksack für einen langen Tag auf die Schultern nehme. Der Mond ist voll und sobald ich den richtigen Einstieg gefunden habe, ist es völlig problemlos, dem Weg zu folgen. Die Nacht erinnert mich an unseren Mondaufstieg aus dem Grand Canyon – es ist wie damals wunderschön. Problematisch wird es allerdings, als der Weg durch ein gewaltiges Geröllfeld –

dunkles Urgestein – führt. Dort verliere ich ihn auch prompt, taste mich dann nach Gefühl in die vermutete Richtung der Hütte, habe jetzt aber den Mond im Rücken, so dass ich genau in meinem Schatten laufe. Das führt zu nicht ganz ungefährlichen Situationen, aber schließlich kreuze ich plötzlich wieder den Weg.

Der Berg steht wie eine Gralsburg unnahbar und doch so deutlich im kalten Mondlicht – und wenig später färbt er sich mit dem warmen Rot der aufgehenden Sonne. Es ist ein wundervoller Augenblick: Ich komme gerade zur Hütte, als am Horizont aus einem Wolkenmeer die Sonne aufsteigt, im 50 m unterhalb der Hütte gelegenen See spiegeln sich die dunkelrot gefärbten Gratfelsen – und ich bin allein!

Den in der Hüttenbeschreibung versprochenen Winterraum kann ich nicht entdecken und ich beglückwünsche mich zu dem Entschluss, dass ich gestern Abend nicht mehr hier herauf gestiegen bin. Aus dem See fülle ich noch meine Wasserflasche, dann führt der Weg teilweise versichert bis zu einer Scharte auf ca. 3000 m. Ein paar Steinböcke verfolgen neugierig mein Höherkommen. Nach der Scharte muss ich mühsam erarbeitete Höhenmeter wieder hinunter, um dann über üble Schotterfelder anzusteigen. Laut Beschreibung soll hier irgendwo auf 3200m eine Biwakschachtel stehen. Um dem Schotter auszuweichen, lasse ich mich zu sehr in die Felsen abdrängen und plötzlich wird daraus richtige Kletterei. Aber dann entdecke ich die Schachtel – 50 m unter mir – und außerdem zwei Co-Aspiranten auf den Gipfel. Ich lege eine Brotzeitpause ein und beschließe dann, die letzten 600 Höhenmeter ohne Rucksack anzugehen. Anorak, Foto und ein Müsli-Riegel, das muss reichen. Es ist ein schönes Höhersteigen, herrlicher Urgestein-Fels, keine

Versicherungen mehr und man muss durchaus ein bisschen hinlangen. Die Höhe spüre ich. Aber schließlich stehe ich kurz nach 12 Uhr auf dem Gipfel. 3842 m verrät mir das Gipfelbuch, immerhin 1 Meter mehr als die offizielle Angabe in der Karte. Das ist mir auch so vorgekommen! Das Wolkenmeer liegt auf ca. 2000 m und daraus ragen im Süden die Ligurischen Bergketten auf, das Bollwerk im Westen muss das Dauphiné sein, im Norden kann ich die Gestalten von Mont Blanc, Matterhorn und Monte Rosa identifizieren. Es ist eine Gipfelrast der besonderen Art. Nicht einmal die beiden Italiener von der Biwakschachtel, die inzwischen auch heraufgefunden haben, stören mein Glück, im Gegenteil, wir staunen gemeinsam, freuen uns gemeinsam, können uns gar nicht satt sehen.

Dann mache ich mich wieder an den Abstieg. An der Hütte treffe ich auf zwei Franzosen, die die Nacht im Winterraum zubringen wollen, den sie im ersten Stock entdeckt haben – zu erreichen über eine Feuerleiter! Auf die Idee wäre ich natürlich nicht gekommen. Ich halte mich nicht lange auf, verabschiede ich mich von den beiden und mache mich, wenn auch schon etwas ausgebrannt an den restlichen Abstieg. Um 18:30 Uhr, nach beinahe 14 Stunden bin ich wieder bei meinem Bus, kurz darauf an meinem Brückenplatz am Po. Woher ich die Energie nehme, mir noch einen Salat und ein warmes Essen zuzubereiten, weiß ich selbst nicht. Nur waschen, nein, waschen will ich mich heute nicht mehr!

PS: Ich habe es am Morgen mit wenig eiskaltem Wasser aus dem Po nachgeholt und den Restschweiß im wohlig temperierten Lago Maggiore abgespült.

Zusammenführung

Vielleicht erinnern Sie sich an eine TV-Sendereihe mit dem Titel „Gaudimax". Meines Wissens lief sie zunächst nur im Regionalprogramm BR, später wurde sie sogar von der ARD übernommen. Als Moderator agierte Gerd Rubenbauer, der zu dieser Zeit allerdings hauptsächlich durch seine engagierten Sportreportagen einen hohen Bekanntheitsgrad erlangt hatte. Dabei waren die Einschätzungen seines Publikums – für mich nicht ganz nachvollziehbar – beinahe extrem zu nennend verschieden, wie ich in meinem Bekanntenkreis feststellen musste. Während die einen geradezu glühende Verehrer seiner Reportage-Art waren, äußerten sich andere vehement negativ nach dem Motto „Hoffentlich nicht der Rubenbauer schon wieder", wenn es um ein hochrangiges Fußballspiel oder ein alpines Skirennen ging. Ich selbst habe seine Berichte eigentlich immer als sehr kompetent und unterhaltsam empfunden. Man spürte, dass er erstens über ein großes Hintergrundwissen und eine adäquate Allgemeinbildung verfügte, sich der unter Sportreportern so weit verbreiteten, immer gleichen banalen Phrasen weitgehend enthielt und nicht nur einen Job erfüllte, sondern mit Begeisterung seine Begeisterung den Zuhörern und Zuschauern vermitteln wollte. Durch seine Spontaneität wirkte er im Vergleich mit mancher ZDF-Schlaftablette auf mich erfrischend und – um noch einmal das bereits bemühte Attribut unterzubringen – engagiert.

Persönlich habe ich ihn als sehr angenehmen Menschen kennengelernt, mit dem ich gerne auf ein Bier gegangen wäre. Das ist bei mir eine nicht zu unterschätzende Auszeichnung, denn lieber trinke ich mein Bier allein, als mich künstlich mit jemandem auszutauschen, mit dem ich eigentlich nichts auszutauschen habe. Offenbar war die Sympathie nicht nur einseitig, denn er hat mir irgendwann einmal seine Telefonnummer gegeben, womit er vermutlich sonst eher sparsam umgegangen ist. Gelegentlich, wenn ich über die Garmischer Autobahn auf der Heimfahrt vom Gebirge unterwegs war, habe ich ihn angerufen. Aber das mit dem Bier haben wir leider nie geschafft.

Bewusst hatte ich den „Gaudimax" noch nie eingeschaltet, war höchstens einmal beim wahllosen Surfen durch die Fernsehprogramme kurz darin hängen geblieben. Da erhielt ich einen Anruf vom Bayerischen Rundfunk, ob ich Interesse hätte, an einem Casting für eben diesen „Gaudimax" teilzunehmen. „Das muss ich mir noch überlegen", ließ ich mir vorsichtshalber einmal alle Türen offen. Als ich meiner Familie beim gemeinsamen Abendessen davon berichtete, wurde die Sache aber kategorisch von meiner kleinen Tochter entschieden: „Papa, das machen **wir!**" Obwohl gegen meine Tochter im Allgemeinen nur schwer anzukommen war, wenn sie einmal etwas entschieden hatte, hätte ich mich wohl trotzdem anders entschieden. Aber da gab es noch einen Umstand, der mich schon von Anfang an für die Idee eingenommen hatte: Das Casting sollte im Hotel Maritim stattfinden und da sah ich mich im Geiste schon im Kaviar schwelgen und in Champagner baden. Um es vorweg zu nehmen: Ich kehrte diesbezüglich relativ ernüchtert und gänzlich nüchtern in meine heimatlichen vier Wände zurück.

Abgesehen von dieser gastronomischen Enttäuschung konnte ich mich auch an dem Ablauf des Castings – ich hatte so etwas noch nie mitgemacht – nicht begeistern: Man postierte mich frontal vor einem Video bestückten Stativ und wies mich an, auf das Kommando „Und bitte" 4 Witze in die laufende Kamera zu erzählen. Kein Mensch interessierte sich für meine Witze, niemand wollte sich wenigstens höflichkeitshalber dazu durchringen, zu lachen, alle Blicke waren nur auf die Kamera gerichtet. Natürlich musste ich mir rational eingestehen, dass die ja schließlich nicht primär hier waren, um sich erheitern zu lassen, sondern nur ihren Job machten und überdies für sie meine Witze wahrscheinlich einen meterlangen Bart hatten. Aber insgeheim gekränkt war ich natürlich schon in meiner Witzerzähler-Ehre. Und nachdem es mir weder bei der Kamera noch beim Bedienpersonal gelungen war, irgendeine Resonanz hervorzurufen, betrachtete ich den Fall auch als abgeschlossen.

Insofern war es für mich mehr als überraschend, als ich etwa 4 Wochen später erneut einen Anruf vom BR bekam. Ich sei als Kandidat auserkoren und solle am besten noch heute eine Cassette mit jeweils 5 Witzen zu 4 Themen besprechen und postwendend einsenden.

Nun darf ich mir schmeicheln, dass ich zu Zeiten meiner alpinen Hochform auch über ein unglaubliches Repertoire an Lustigkeiten verfügte und problemlos einen Hüttenschlafsaal eine halbe Nacht lang unterhalten konnte. Aber dieses Repertoire hatte sich zwischenzeitlich ebenso verflüchtigt wie die Fähigkeit, mich elegant über senkrechte Felsen hinaufzuhanteln. Insofern bedeutete es alles andere als eine Kleinigkeit, der BR-Aufforderung zu entsprechen. Nach erheblichen Mühen befand sich das Gewünschte aber schließlich auf dem Postweg Richtung München.

Der nächste Kontakt erfolgte schriftlich. Ich erhielt genaue Anweisungen, wo und wie ausstaffiert ich wann zu erscheinen hätte. Außerdem wurde mir eine erfreuliche Entschädigung für meine zu erwartende künstlerische Aufregung und die Übernahme der Reise- und Übernachtungskosten für mich und meine Frau in Aussicht gestellt. (Nur der Vollständigkeit halber sei erwähnt, dass die Initiatorin dieses Unternehmens, die Tochter, selbstverständlich mit von der Partie sein aber bei Freunden in München unterschlupfen würde).

Um es kurz zu fassen: Ich habe es nicht bereut, teilgenommen zu haben. Und das hat nichts mit dem Umstand zu tun, dass ich diese Staffel für mich entscheiden konnte. Es ist einfach interessant einmal mitzuerleben, was für ein fantastischer Aufwand für eine solche Sendung betrieben werden muss! Meine Tochter, die in diesen Dingen sehr korrekt ist, hat 27 Personen ausgemacht, die da direkt oder indirekt mit uns Witz-Kontrahenten beschäftigt waren, angefangen von den Mädchen, die für unser leibliches Wohl zu sorgen hatten, über die Beleuchter bis hin zu Regisseur und Moderator. Außerdem erfuhr ich bei der Gelegenheit, dass ich immerhin unter ca. 400 bayernweit Getesteten, die wie ich im Maritim irgendwo vor einer Casting-Kamera gestanden hatten, auserwählt worden war! Darüber hinaus hatte mich schon lange interessiert, wie denn der BR überhaupt auf mich gekommen war. Jetzt erfuhr ich es: Die Kandidaten-Ausspäher hatten sich in den unterschiedlichen Regionen z.B. an Vereine und – Privattheater gewandt. Und einer dieser Theaterintendanten hatte sie auf mich aufmerksam gemacht.

Nein, bereut habe ich es nicht. Bin ich doch auf diese Weise nicht nur in zwei verschiedene Fernsehstudios gekommen, sondern sogar zu den Medientagen nach München und auf die Funkausstellung nach Berlin! (Unnötig zu erwähnen, dass meine Tochter – sich inzwischen schon als meine Managerin sehend – jeweils mit von der Partie war). Aber damit nicht genug: Der Rubenbauer wurde über seine Agentur des Öfteren an Veranstaltungen vermittelt, die außerhalb des Fernsehgeschehens abliefen. Hintergrund konnte dabei die Einweihung eines Möbelhauses ebenso sein wie ein ausgewiesenes Datum im Veranstaltungskalender eines Stadttheaters. Und da wir beide uns gut verstanden, wurde ich regelmäßig gefragt, ob ich Zeit hätte.

Als die Anfrage für den Stadtsaal in Mühldorf am Inn kam, musste ich nicht lange überlegen. Wir hatten gerade Semesterferien. Ich war also zeitlich weitgehend ungebunden und ins Gebirge wollte ich ohnehin. Die Schneeverhältnisse schienen brauchbar und die Wetterprognosen waren vielversprechend. Und in 1-2 Stunden würde ich anschließend leicht in den Leogangern sein.

Ambros Seelos mit seiner Kapelle umrahmte das Witzgeschehen und außerdem wirkte er in der Jury mit. Und nachdem Rubenbauer dieselbe förmlich nötigte, mir für meinen Österreicher-Witz statt der Höchstzahl 10 sogar 11 Punkte zu geben, hatte ich von uns drei Protagonisten am Ende die Nase vorn. Im Anschluss an die Veranstaltung bildete sich noch eine lustige Runde und so war es bereits einiges nach Mitternacht, bis ich mich verabschiedete und mich auf den restlichen Weg bis an den Fuß meiner auserkorenen Gebirgsregion machte. Es war eine wunderschöne Vollmondnacht und ich freute mich auf den morgigen Tag.

Nachdem der Himmel klar und der Mond sein helles Licht unbehindert auf die Straße fluten lassen konnte, sah ich die Gestalt schon relativ früh. Und ich sah sie verzweifelt winken. Ich brachte mein Gefährt nur wenige Meter danach zum Stehen und da war sie auch schon an meiner Beifahrertür. Nun erkannte ich eine in einen dicken Mantel gehüllte Frau mittleren Alters, die aufgeregt aber hauptsächlich fremdländisch auf mich einredete. Ich versuchte sie zunächst einmal zu beruhigen, um aus den wenigen deutschen Brocken, die sie gelegentlich in ihrem Sprachrepertoire fand, einen Sinn heraus zu hören. Um diese Zeit, mitten in der Nacht, auf offener Strecke einer wild wedelnden Frau zu begegnen, konnte für mich eigentlich nur bedeuten, dass sie gerade noch einem Vergewaltiger entkommen war. Zwar sprach der fest verschlossene Überlebensmantel irgendwie dagegen. Was ich allerdings allmählich zu verstehen glaubte, schien mir gänzlich unglaubwürdig: Sie würde irgendwo in meiner Fahrtrichtung von ihrem Mann erwartet und ob ich sie nicht bitte, bitte dort hin bringen könnte. Obwohl ich ansonsten bedenkenlos Tramper bzw. –innen mitnehme, war mir nicht ganz wohl, als ich die Frau einsteigen ließ. Ich war hellwach und auf alles gefasst, dass sie mir ihre Liebesdienste anbieten, plötzlich aus ihrem Mantelungetüm einen Revolver hervorzaubern oder einfach für den Rest der Nacht mein wohlig warmes Auto als Herberge nutzen wollen würde – nur nicht darauf, dass ich plötzlich im hellen Licht des Mondes und dem zusätzlichen meines Fernlichts ihren angekündigten Mann entdecken würde. Eine Falle? Dann hätten sie es doch wohl weniger kompliziert gemacht! Trotzdem stand ich zunächst einmal auf der Kupplung, als sie hastig die Beifahrertür öffnete. Aber die freudige gegenseitige Begrüßung war echt, die Zusammenführung allen mir unbekannten Widrigkeiten zum Trotz gelungen.

Ich habe mich selten derart als personifiziertes Schicksal gefühlt. Was wäre wohl aus den beiden geworden, wenn man mich nicht hätte in Mühldorf Witze erzählen lassen, wenn das gemeinsame anschließende Zusammensitzen nicht so amüsant gewesen wäre. Wenn ich nicht ein narrischer Bergsteiger wäre, der den Rest der Nacht auf der Rückfläche seines kalten Kombis zubringen würde, um in aller Früh die Felle auf seine Ski zu schnallen und mühsam seine Spur in unberührte Höhen zu ziehen?

Den beiden wünsche ich von Herzen, dass diese glückliche Zusammenführung in einem allgemeinen Glück geendet hat.

Polizeistaat

Ich war damals 16. Aber die Erinnerung ist noch sehr wach. Und es wäre auch schlimm, wenn mir das nicht eine bleibende Lehre gewesen wäre.

Wir hatten uns im Baierbrunner Nagelfluh-Klettergarten zusammengefunden, 6 junge Nacheiferer unserer großen Vorbilder, die dort auch schon vor Jahrzehnten ihre Schweißtropfen hinterlassen hatten. Alles was in der Münchner Kletterszene einen Namen hatte oder gehabt hatte, war dort zum Trainieren hinausgeradelt, hatte an dieser 10 – 20 m hohen Wand aus Konglomeratgestein so lange einen Quergang, einen glatten Riss, einen bauchigen Überhang attackiert, bis es endlich gelungen war. Da gab es einen Dülfer, der den Gebrauch von Mauerhaken auch zur Fortbewegung salonfähig gemacht und ganz nebenbei den Seilquergang erfunden hatte, die Brüder Schmid, die gefeierten Erstbegeher der Matterhorn-Nordwand, Hans Ertl, den Autor der legendären „Bergvagabunden" und großen Kameramann, der inzwischen in Bolivien eine zweite Heimat gefunden hatte. Und es gab sogar noch welche, die es immer noch gab, so Otto Herzog, der bereits 1913 eine Route im VI. Schwierigkeitsgrad eröffnet hatte oder Rudolf Peters, der mich besonders beeindruckte, weil er mit seinen kurzen Schuhen – ihm waren seine an den Jorasses sämtlich erfrorenen Zehen amputiert worden – geradezu traumwandlerisch unhektisch über die senkrechten Passagen spazierte.

Zwar wurde natürlich bei unseren gemeinsamen Trainingsbemühungen schon dort im Klettergarten über mögliche Ziele fantasiert, den Berichten der Erfahrenen von der letzten Unternehmung mit offenen Ohren gelauscht, aber die eigentliche Planung und Zielsetzung für das kommende Wochenende fand immer am Donnerstag Abend im Münchner Hauptbahnhof statt. In dem schmalen Seiteneingang von der Arnulfstraße her gab es damals einige wenige Schließfächer, eine zweigeschlechtliche Toilette und eine Schuhputzmaschine. Das war unser Treffpunkt. Später, als wir nicht mehr jeden Pfennig für das bevorstehende Wochenende sparen mussten und sich auch die Partnerkonstellationen verändert hatten, wechselten wir dann auf die Südseite in die Baracke des „Schneider-Weißen".

Wenn wir uns nach ausgiebigen Diskussionen hinsichtlich der Länge und Schwierigkeit der Kletterroute, der Zeiten für An- und Abstieg sowie der Hüttennähe schließlich auf ein gemeinsames Ziel geeinigt, den Fahrplan auf Realisierbarkeit hin studiert und die Verantwortlichkeiten für Biwaksack, Seil und „Schlosserei" geklärt hatten, schlenderten wir gerne noch in die Haupthalle des Hauptbahnhofs. Dort gab es nämlich ein Kino für Bahngäste, die gezwungen waren, längere Zeit auf einen Anschluss zu warten – das AKI. Markenzeichen des AKI war, dass dort nahezu ausschließlich Filme ab 18 angeboten wurden. Allein die Plakate konnten einem pubertierenden, fantasiebegabten Jungen einen Kick geben und natürlich hoffte man, dass einem auf den ausgehängten Vorschau-Fotografien wenigstens etwas halbwegs Unanständiges geboten wurde.

Weder das AKI noch die Schuhputzmaschine haben die Zeit überdauert. Aber auch damals gab es gelegentlich schon Änderungen, Um- und Neubauten. So war gerade eben die Neugestaltung der besagten Bahnhofhalle abgeschlossen, sie war von störenden Zwischenpfeilern befreit und durch das viele Glas wesentlich heller und freundlicher geworden. Inmitten dieses Repräsentationsareals, diesem Schmuckstück des ansonsten damals eher tristen Münchner Hauptbahnhofs hatten sich an einem unserer Treffpunkt-Abende 6 – 8 Hippies niedergelassen, saßen im Schneidersitz im Kreis, ihre dürftigen Habseligkeiten hinter oder neben sich – und in der Mitte wackelte eine Schildkröte unschlüssig mit dem Kopf. Natürlich bildete die Gruppe für einen Bahnhofsbesucher, der geradlinig vom Zentraleingang zu den Zügen wollte, ein Hindernis. Aber auf 80 m ließ sich dieses Hindernis ohne bedeutende Wegverlängerung umgehen. Natürlich waren die jungen Leute in ihrer scheinbar heruntergekommenen Kleidung, ihren langen Haaren und Bärten für manchen Bilderbuchbürger eine Provokation. Aber sie waren absolut friedlich und ihr Gesang zur Gitarre hörte sich eher verhalten an, hatte jedenfalls nichts von alkoholgeschwängertem, obszönem, oder gar rassistischem Gegröle.

Bald bildete sich um die Gruppe eine kurz oder auch länger verweilende Gruppe von Zuhörern. Und dann erschienen zwei Bahnpolizisten in Uniform. Auch sie agierten zunächst durchaus verhalten, verhielten sich völlig korrekt. Sie machten den Burschen und Mädchen klar, dass sie hier in einem öffentlichen Gebäude nicht einfach ihr Lager aufschlagen könnten und forderten sie in ruhigem Ton auf, ihre Versammlung aufzulösen.

Da rief einer aus der Gruppe der Zuschauer „Buh". In weniger als zwei Sekunden buhte die ganze Korona und nun übertraf sich die von friedlicher Zuhörerschaft zum Mob mutierte Ansammlung an „Scheißbullen", „Nazischweine", „Polizeistaat". Einer, der am lautesten schrie, war ich!

Als ich in meinem Vorortzug nach Laim saß, erwachte ich wie aus einem Rausch. Ich schämte mich maßlos und fragte mich, wie so etwas passieren konnte. Und ich habe mir damals fest versprochen, mich nie mehr von einem solchen Sog aus Dummheit und Gewalt einfangen zu lassen. Dass aber der Mensch in der Masse nur allzu leicht eigenen Gesetzen der Unzurechnungsfähigkeit unterliegt und bewusste oder unbewusste Fehlleitung, Verführung ein unausrottbares Phänomen ist, das täglich, ja stündlich diese Welt vergiftet, auf der Straße, im politisch missbrauchten Bierzelt, im Fußballstadion, dazu bedarf es nur eines flüchtigen Blickes in die Zeitung. Und dass davor kaum jemand gefeit ist, habe ich – leider – erfahren müssen. Heute kommt mir dazu das von Joan Baez gesungene Lied „And there but for fortune, go you and I" in den Sinn, Ausdruck einer Warnung vor allzu großer Selbstgefälligkeit.

Beruhigend

Sicherlich hat es Momente gegeben, in denen ich mich nicht ganz wohl gefühlt habe auf meinen meist winterlichen Alleintouren, weitab von der nächsten Talsiedlung oder wenigstens einer bewirtschafteten Hütte. Ein bewusstes, ein gesuchtes Alleinsein inmitten einer wilden, schneeverkrusteten Bergwelt, mit Blick auf unberührte Hänge, in tiefe kälteerstarrte Täler, auf eine bis zum Horizont reichende, in den vielfältigsten Nuancen blau leuchtende Bergkulisse – eine Szenerie, die immer wieder das Gefühl ungestillter Sehnsucht hoch schwemmt, das Herz zu klein, die Luft zu dünn erscheinen lässt. Momente, in denen man schreien möchte vor Glück – an sonnigen Tagen, wenn der Rucksack zwar schwer, der Schnee tief, der Aufstieg anstrengend ist, man sich aber stark und der Situation vollkommen gewachsen fühlt.

Wenn sich aber das morgendlich noch sonnige Himmelsblau zusehends in ein bleiernes Grau verfärbt, sich in das anfangs leichte Lüftchen unverhoffte, bösartige Böen einbetten, die sich immer mehr zu einem kontinuierlichen Sturm verdichten, sich die Sicht verschlechtert, wenn man merkt, dass die Kondition am abbröckeln und der weitere Weg noch weit und nicht ganz ungefährlich ist, dann kann die gerade noch empfundene euphorische Stimmung schnell in ein Gefühl der Unsicherheit kippen. Und dahinter lauert durchaus – wenn alles zusammen kommt – die Angst.

Trotzdem ging damit nie der Gedanke einher „Mein Gott, wenn ich jetzt um Hilfe schreien würde, mich würde ja niemand hören, Leuchtraketen habe ich auch keine dabei, wie kann ich mich nur bemerkbar machen?" Es war mir von jeher bewusst, dass ich auf mich allein gestellt war, dass ich mir notfalls in erster Linie selbst helfen musste. Ja, es gibt ein alpines Notsignal – „6mal in der Minute winken, pfeifen, schreien, schießen" – aber das setzt voraus, dass jemand das Winken sieht, das Schreien hört. Zweimal in meiner alpinen Karriere habe ich mich dieses Notsignals erinnern müssen. Als unerfahrene 17-Jährige hatten wir am Verbindungsgrat von der Pala di San Martino zur Pala-Hochfläche ein Biwak überstehen müssen – ohne Biwaksack. In der Nacht hatte es geschneit, wir waren durchgefroren, ängstlich und kleinlaut. Als wir vor der durch einen schaurigen Schluchtabbruch von uns getrennten Rosetta-Hütte einen Sonnenaufgang bewundernden Frühaufsteher wahrnahmen, haben wir gerufen, 6mal in der Minute. „Hallo" haben wir gerufen, für ein eindeutiges „Hilfe" ging es uns noch nicht schlecht genug. Und wenn uns die Sonne noch ein bisschen länger geküsst hätte, wären wir auch allein wieder in die Gänge gekommen. In der Civetta Nordwestwand, als wir – 1000 m über dem Kar – feststellen mussten, dass uns der Verhauer aus der Mitte der Wand einen Ausstieg zum nahen Gipfel verwehrte, haben wir auch für kurze Zeit „Hallo" gerufen, weil wir Freunde von uns am Wandfuß in einem Zelt wussten – aber wir haben bald eingesehen, dass die uns nicht hören würden und so haben wir uns an einen mühevollen, Nerven zehrenden, eineinhalb Tage dauernden Rückzug gemacht.

Dann zog die Ära des Handys herauf. Plötzlich eröffneten sich da scheinbar ungeahnte Möglichkeiten der Kommunikation aus entferntesten, einsamsten Winkeln. Man konnte denen zuhause mitteilen, dass man gut auf der Hütte angekommen sei, dass man gerade am Gipfel stünde und die Sicht einfach bombastisch sei. „Schade, dass du nicht dabei sein kannst". Oder: „Mein Schatz, das Wetter ist so herrlich und stabil, ich werde noch einen Tag anhängen". Und – es machte sich ein Gefühl breit, eigentlich könne einem jetzt gar nichts mehr passieren. Ein Anruf bei der Bergwacht oder unter 112 – und wenig später würde man den Hubschrauber brummen hören. Auch das etwas, das in meinen frühen Jahren undenkbar gewesen wäre. Wurde ein Notsignal überhaupt von jemandem wahrgenommen, so musste der die Notfallmeldung erst einmal weitergeben, auf der nächstgelegenen Hütte oder im Tal, dann wurde eine Mannschaft zusammengetrommelt und es begann der stundenlange Aufstieg. Der Erschöpfte, Verletzte oder einfach Verlaufene musste erreicht, geborgen und mühsam zu Tal gebracht werden. Handy und Hubschrauber haben mit Sicherheit Leben gerettet, die ansonsten verloren gewesen wären. Aber sie haben wahrscheinlich auch zu leichtfertigerem Verhalten in den Bergen verführt.

Und das Wort „scheinbar" steht nicht von ungefähr am Anfang dieses Absatzes. Als ich irgendwann auch einmal so ein Gerät in der Außentasche meines Rucksacks spazieren trug, musste ich feststellen, dass in so manch tief eingeschnittenem Tal, in einem zwischen hohen Wänden eingebetteten Kar, ja selbst auf anscheinend dominierenden Gipfeln keine Verbindung zustande kam.

Zunächst aber war ich ein genereller Handy-Gegner, hauptsächlich hervorgerufen durch die Legionen von Jugendlichen, die ohne dieses kleine Gerät am Ohr offenbar nicht mehr „in", nicht mehr lebensfähig waren. Die auf der

Straße, an der Bushaltestelle und im Bus andere Legionen abgespeicherter Handy-Eigner wissen lassen mussten – glaubten, wissen lassen zu müssen – wo sie sich gerade befanden, was sie gerade erlebt, mit wem sie gerade „gequatscht" hatten, was sie gerade taten und was sie vorhatten, zu tun, um kurz darauf darüber wieder einen Bericht abzuliefern. Als sparsamer Mensch der Nachkriegsgeneration war mir vor allem schleierhaft, wie man sein Taschengeld so sinnlos verpulvern konnte bzw. wo sie – gemessen an meinen Taschengeldvorstellungen – das Geld dafür überhaupt her hatten.

Es waren 2 Nächte in einem eiskalten Winterraum, – der Hüttenwirt hatte offensichtlich „vergessen", Einsamkeit suchenden Skitouristen ein wenig von seinem Brennholzbestand zu hinterlassen – die mich bekehrt haben. Nein, es war nicht der kalte Herd, es war nicht der Schneesturm, der um meinen ungemütlichen Unterschlupf toste. Aber die Unfähigkeit, meiner mich längst zurückerwartenden Frau eine Nachricht zukommen zu lassen, dass sie sich keine Sorgen um mich machen müsse, dass ich immer noch ganz lebendig sei. Und schließlich – genau aus diesem Grund – der eher unvernünftige Entschluss mich doch an die Abfahrt zu wagen, sobald ich mehr als 20 m Sicht hatte.
Ich hatte eingesehen, dass für solche Gelegenheiten die schnurlose Kommunikation durchaus Sinn machte. Dazu bedurfte es eigentlich gar nicht solcher unwirtlichen Umstände, ein stundenlanger Stau auf der Autobahn, der die Heimkehr unvorhergesehen verzögerte, rechtfertigte den Besitz der neuartigen Technik – selbst in meinen Augen. Wenn auch die Bekehrung zögerlich und in Schritten verlief.

Der Alpenverein hatte die Segnung, sich ggf. aus einer Notsituation heraus mittels eines Handys Gehör zu verschaffen, erkannt und einige Exemplare angeschafft, die man sich ähnlich wie Führer- und Kartenmaterial, Zelte oder Steigeisen ausleihen konnte – wobei die Funktion allerdings auf die SOS-Taste beschränkt war. Diese Möglichkeit des Ausleihens nutzte ich einige Male, bis mir das zu umständlich wurde und ich mich zum Erwerb eines eigenen Handys durchrang. Da es sich dabei um ein Modell der Urgeneration handelte, das ich irgendwo billig in einem Handy-Secondhand-Shop erstehen konnte, nannte mein diesbezüglich immer an vorderster Front lebender Fast-Schwiegersohn dasselbe despektierlich ein „Kofferradio", weil es im Vergleich zu seinem Up-to-date Gerät doppelt so groß und dreifach so schwer war.

Ich hatte mich wieder einmal für ein paar Tage auf die Reuttener Hütte nahe Berwang verlaufen. Das ist eine wunderschöne, auf einem wunderschönen Almboden gelegene, liebevoll ausgestattete Privathütte der Sektion Reutte, die aber den Vorteil hat, mit einem allgemeinen AV-Schlüssel erschließbar zu sein. Ich war – wie erhofft – allein. Den Abend nach einem Aufstieg, der mich dank meines prall gefüllten Rucksacks einiges an Schweiß gekostet hatte, in wohliger Holzfeuer-Wärme, hatte ich genossen, die Nacht in dem kältestarren Schlafraum, eingemümmelt in meine Daunenjacke, länger als gewohnt durchschlafen. Vielleicht hätte ich mich ja geärgert, dass es schon heller Tag war, als ich das Feuer für mein Kaffeewasser in Gang zu bringen versuchte. Aber vor meiner selbst noch friedlich schlummernden Hütte konnte ich nicht einmal die Bäume, unter denen das Plumpsklo etabliert war, erkennen. Wir, die Hütte und ich, waren eingehüllt in dichten Nebel. Also ließ ich es mir gut gehen, platzierte den Stuhl nahe des Ofens und vertiefte mich in eine alte Alpinzeitschrift.

Nachdem sich bis Mittag kaum etwas an der Situation geändert hatte, überwog aber doch der Tatendrang und ich machte mich an den Aufstieg zum Hausberg der Hütte, dem Galtjoch. Anfangs, im Kessel des Almbodens konnte ich noch problemlos einer alten Spur folgen. Weiter oben, kurz vor der Scharte, die auf den flachen Gipfelgrat führt, war alles verweht und ich musste mir meinen eigenen Weg suchen. Wenigstens konnte ich mich hier an den über mir aufragenden Felsen orientieren. Ansonsten war die Nebelsuppe eher noch undurchdringlicher geworden. Am Grat selbst half mir in der strukturlosen Sphäre aus Weiß und Grau nur die gefühlte Richtung „bergauf".

Ohne Vorwarnung stürzte ich plötzlich 6-8 Meter in die steilere Nordflanke hinunter. Ich war auf dem leicht überwächteten Grat einfach zu weit nach rechts geraten. Nichts war passiert, ich klopfte mir den Schnee von Anorak und Hose und wühlte mich wieder auf den Grat zurück.

Am Gipfel geschah das Wunder. Der Wind hatte etwas aufgefrischt und mit einem Mal formten sich aus dem einheitlichen Nebelbrei erkennbare Wolkenfetzen – und dahinter blitzte es wahrhaftig gelegentlich grell und blau. Da dehnte ich meine Gipfelrast ein wenig und bis ich meinen Trockenobstriegel verdrückt, die Felle verstaut, die Schnallen an den Skischuhen nachgezogen hatte, schien der Nebelspuk wie weggezaubert. Also fuhr ich nicht zur Hütte, sondern ganz ins Tal hinunter, packte noch eine Flasche Wein in meinen kleinen Behelfsrucksack und machte mich zufrieden an den Aufstieg zurück zu meinem Holzherd.

Ich war ausgehungert und freute mich auf einen vollen Bauch und einen gemütlichen Abend. Es gab Linsen mit Fleischwurst, dazu Brot, ein Bier und anschließend befreite ich die Weinflasche von ihrem Korken. Sehr viel wohler kann man sich kaum fühlen!

Es war gegen Mitternacht, als ich unter meinem Deckenberg erwachte. Und als ich mir ganz klar geworden war, wo ich mich befand und mit Hilfe der Taschenlampe die Uhrzeit registriert hatte, wurde mir auch bewusst, dass mir speiübel war. Ich schaffte es gerade noch nach draußen. Und so ging das im weiteren Verlauf der Nacht und während der Hälfte des folgenden Tages insgesamt 12mal. Eine Erklärung hatte ich nicht dafür. Die Linsen traf ganz sicherlich keine Schuld, die Wurst war frisch und am Wein konnte es auch nicht liegen. Nach heutiger Erfahrung gehe ich davon aus, dass mich der Norovirus bis in die Berge begleitet hatte. Jedenfalls habe ich ähnliches einige Jahre später zuhause durchgemacht.

Nachdem ich beim besten Willen nicht mehr im Stande war, irgendetwas hervorzuwürgen und mein Allgemeinbefinden allmählich immer bedenklicher und geschwächter wurde, erinnerte ich mich meines Handys. Ich muss zugeben, dass mir das einen positiven Schub gab. Nicht, dass ich ernsthaft daran dachte, einen Notruf abzusetzen, aber es erwuchs aus dem bloßen Vorhandensein dieses Gerätes zweifellos ein beruhigendes Gefühl. Um das noch zu verstärken, wollte ich es wenigstens in die Hand nehmen, um mich zu vergewissern, dass sich hier oben überhaupt ein

Netz finden ließ. Ich wusste es in meiner Anoraktasche. Da war es aber nicht. Hatte ich es etwa doch in den Rucksack ..? Nein, ich konnte mich genau daran erinnern, dass ich es in den Anorak gesteckt hatte. Aber da war es immer noch nicht. Allmählich dämmerte es mir: Der Reißverschluss an der Jackentasche erfüllte bei mir eher selten seine vorherbestimmte Funktion. Als ich mit der Wächte über den Grat hinunter fiel, hatte ich mich wohl zweimal überschlagen …

Das Gute an diesem Virus ist, dass er seine Wirkung bald verliert. Am nächsten Tag fühlte ich mich zwar immer noch ein bisschen schwach, aber mein Magen hatte sich wieder beruhigt und verlangte durchaus nach Futter. Anfangs schleppten sich die Ski noch schwer durch die Aufstiegsspur, aber mit jedem Schritt kehrte ein kleiner Schub Kraft zurück und die Abfahrt ins Tal verlief weniger wacklig als befürchtet. Ob mein Handy immer noch dort oben unterhalb des Grates vor sich hin rostet oder sich die Gemsen inzwischen nicht mehr durch Pfeifen, sondern per Mobilfunk verständigen, vermag ich nicht zu sagen.

Wie ich ein Bayer wurde

Obwohl ich nun schon mehr als 30 Jahre, zwar immer noch im politischen Bayern, aber fernab meines sprachlichen Ursprungs lebe, habe ich die Sprache beibehalten. Spricht mich jemand daraufhin an, so sage ich immer, ich sei missionarisch hier. Und erstaunlicherweise haben mir das die Franken bisher nicht übel genommen! Sie lieben unverhohlen den Münchner Dialekt.

Umso konsternierter sind sie dann, wenn ich gelegentlich ihren gelegentlich hervorragenden Wein allzu ausführlich getestet habe und in diesem Zustand preisgebe, dass das mit dem sprachlichen Ursprung im Grunde genommen eine Lüge ist. Dass dieser Ursprung in Wahrheit ein Sekundärsprung und der wahre Ursprung im Harz zu finden sei.

Wir lebten bei Kriegsende in Gernrode, einer kleinen Ortschaft in der Nähe von Quedlinburg. Eine gewisse Bedeutsamkeit hat Gernrode als Startpunkt der berühmten Harzbahn. Meine Erinnerung daran haftet insbesondere an einer im Winter saumäßig kalten Kirche und den unmittelbar hinter dem Ort ansetzenden dicht bewaldeten Hängen und an herrlich in die Hügellandschaft eingebetteten lauschigen, moorigen Waldseelein. Meinen Vater, der bei der Reichsbahn beschäftigt war, überraschte der Frieden in München. Zwar rollten im Harz zuerst amerikanische Panzer durch die Dorfstraße, aber nachdem wir ein paar Wochen mit und von ihnen gelebt hatten, rückten sie ab und die Russen dafür nach. Und aus der „russischen Besatzungszone" konnte man sich nicht nach Belieben verabschieden. Nachdem meine Mutter ihren wieder einmal illegal aus München angereisten

Mann reichlich naiv gefragt hatte, wann er uns denn endlich nachhole, ließ ihn das nicht mehr los und er begann unsere Flucht zu planen. Zunächst galt es natürlich eine Unterkunft für uns zu ergattern. In Türkenfeld, einem richtigen bäuerlichen Dorf etwa 40 km westlich von München, hatte schon eine Gruppe von Sudetendeutschen in einer Baracke Unterschlupf gefunden. Dort hatte man auch für uns noch 2 Zimmer.

Bevor man ihn nach München beordert hatte, war mein Vater der Bahnhofsvorsteher in Gernrode gewesen. Als solcher hatte er sich offenbar hohen Respekt bei den Einwohnern des Ortes erworben. Und er hatte natürlich immer noch seine Bahnbeziehungen. So organisierte er einen ganzen Güterwaggon und von irgendjemandem die Bereitschaft, diesen in einen Güterzug mit Bestimmungsrichtung Süden einzuhängen. Der Kohlenhändler hatte ohne Wenn und Aber zugesagt, unser Mobiliar mit seinem Pferdefuhrwerk in einer Nacht- und Nebelaktion zum Bahnhof zu transportieren und auch mit ein paar Helfern das Beladen zu übernehmen. Die Abfahrt war für eine Zeit anberaumt, die kurz nach Schulbeginn lag. Ich weiß jedenfalls, dass ich noch schnell in die Schule gerannt bin und mir die zustehende Miniatur-Kleiesemmel von der Schulspeisung geholt habe. Wir wurden zum Mobiliar gesteckt, der Waggon wurde verplombt – und dann half nur noch hoffen. An der Grenze wäre uns beinahe deutsche Korrektheit zum Verhängnis geworden, weil der zuständige Beamte darauf bestand, alle Güterwaggons zu kontrollieren. Erst das Machtwort eines russischen Offiziers, den Grenzbahnhof für einen wartenden D-Zug frei zu machen, bremste den deutschen Sturkopf – und unsere direkte Deportation nach Sibirien. Es gibt so manches, wofür ich mich heute gerne bei meinen Eltern bedanken möchte oder ihnen Abbitte leisten möchte, jetzt, wo es zu spät ist. Dass ich meinem Vater nie ein wenig Anerkennung habe zuteil werden lassen, für all den Mut und die Ängste, die er für uns durchgestanden haben muss, schmerzt mich am meisten.

Der Anfang in Türkenfeld war sicherlich für alle von uns nicht leicht. Für mich war er – bedingt durch gewisse Umstände – ausgesprochen hart. Ein Neuer in einer Dorfschule 2. Klasse Volkschule hat wohl von jeher und überall ein besonderes Augenmerk erfahren. Wenn er aber mit Abstand der Kleinste ist, feuerrote Haare hat – und einen harzerischen Dialekt spricht, dann kann ich es im Nachhinein niemandem verdenken, dass er zum auserkorenen Objekt kindlicher Nächstenliebe wurde. Ich habe es überlebt und es hat mich für's weitere Leben abgehärtet. Und ich hatte allen Grund, wenigstens den einen Grund für die Hänseleien meiner Mitschüler, den ich aus eigener Kraft eliminieren konnte, so schnell wie möglich zu eliminieren: Ich stellte in Rekordzeit auf Bayerisch um! Und das wurde auch mit einem gewissen Respekt registriert.

Es wurden 3 Jahre in dieser ländlichen Idylle – und ich möchte sie wahrlich nicht missen. Allmählich hatte ich mir ein paar Meriten verdient – man hatte festgestellt, dass ich nicht der Dümmste war, und sich dies für ein paar Tassen Milch zunutze gemacht, um den Bauernsprösslingen ein wenig bei der Bewältigung der Hausaufgaben beizustehen, ich hatte der Wirtshausbesitzersgattin mit ihren geschwollenen Beinen meinen Sitzplatz in der Kirchenbank angeboten und nicht zuletzt hatte ich ihnen durch meine Lesequalitäten eine erinnerungswürdig feierliche Erstkommunion beschert. Und ich hatte trotz meiner schmächtigen Figur irgendwann einen Mitschüler in den winterlichen Dorfteich geschmissen! So etwas verschafft Respekt ähnlich wie die Kerben an der Winchester des Westernhelden.

Nach 3 Jahren hatte mein Vater zur großen Freude meiner Mutter und meiner großen Schwester eine richtige Wohnung mit 3 Zimmern in einem Wohnblock in München gefunden. Ich für meinen Teil war todunglücklich, dass ich unserem Dorf adieu sagen musste, was deutlicher als alles andere zum Ausdruck bringt, was für eine beachtliche Eigen-Integrationsleistung ich zwischenzeitlich vollbracht hatte.

Auch in München wurde ich schneller heimisch, als ich gedacht hatte. Wir waren eine verschworenen Hinterhof-Bande und es war eine schöne Jugendzeit. Den genauen Anlass weiß ich nicht mehr, aber möglicherweise durfte man mit 16 oder 18 seinen eigenen Personalausweis beantragen. Was ich aber mit Sicherheit noch weiß ist, dass man das am – damals noch existierenden – für den entsprechenden Vor-ort zuständigen Polizeirevier tat. Der „Wachhabende" sagte damals auch noch nicht, dass ich mir das zutreffende For-mular aus dem Internet ausdrucken könne, noch wies er mich mit einem vagen Wink, wie und wo ich ein solches in dem mit Formularen reichlich ausgestatteten Warteraum finden könne, um dann dasselbe selbst zu vervollständigen. Nein, er förderte mit einem Griff unter den Tresen das tat-sächlich für diesen Vorgang benötigte Formular zutage, er-griff entschlossen ein Schreibwerkzeug und stellte mir die erste Frage: „Name?" und füllte so Zeile für Zeile mit mei-nen Angaben die vorgesehen Felder. „Geboren?" „Geburtsort?" „Land?" Ja, das war das Problem. Quedlinburg war für mich noch nie in einem Bundesland, sondern eben in der sowjetischen Besatzungszone gelegen. Dies legte ich dem wackeren Protokollanten dar. Das war für ihn nun freilich keine Hilfe. Die gähnende Leere in dem betreffenden Formularbereich verlangte nach Füllung! Die linke Hand kraulte unentschlossen den hinteren Teil der von schwerem Denken sichtlich gezeichneten Stirn, während die Rechte das Schreibwerkzeug dem Mund zugeführt hatte. Dort drohte es von den kräftigen Zähnen des beleibten Polizeibeamten zermalmt zu werden. Dann aber erhellte ein Geistesblitz die zerfurchte Denkerstirne und das Schreibgerät kam noch einmal in kaum geminderter Funktionsfähigkeit davon. „Weißt was? Wir schreiben einfach Bayern."

Und so wurde ich, was jahrelange Petitionen nicht erreicht hätten, ein polizeilich anerkannter Bayer!

Vom gleichen Autor erschienen

Der Erzähler

Bei seinen weitgehend autobiografischen Erzählungen
scheint seine ehemalige berufliche Tätigkeit als Professor
für Vermessungstechnik ebenso durch wie seine alpine Ver-
gangenheit und seine vor 20 Jahren geweckte schauspieleri-
sche Leidenschaft.

Verlag: BoD
ISBN 978-3-8370-3264-2

Wenn einer eine Reise tut…
… so kann er was erzählen

Herbert Ludwig, ehemaliger Professor für Vermessungstechnik an der Fachhochschule Würzburg erzählt spannend und mit Humor über Reisen als Jugendlicher und als Verliebter, allein und mit seiner Frau, im Urlaub und beruflich, immer aber ein bisschen abenteuerlich, denn nichts wäre ihm ein größeres Gräuel als zwischen „nivea-gesalbten Neckermännern" in der Sonne braten zu müssen. Der Leser wird von ihm in die heimatlichen Berge, nach Griechenland und Sardinien ebenso entführt wie nach Alaska, in die Atacama und nach Usbekistan.

Verlag: BoD
ISBN 978-3-8391-0657-0

Mit Seil und Haken oder
Als der Friend noch ein Fremdwort war
2. Auflage

Sicher, ein alpines Buch, das aber kaum von der Schilderung schauriger Erlebnisse über grausigen Abgründen handelt, sondern hauptsächlich eine unterhaltsame Lobeshymne auf das unerklärliche Vergnügen singt, das Menschen an der Schinderei in den Bergen empfinden.

Verlag BoD
ISBN 978-3-8391-1186-4

Manfred Sturm schrieb in der DAV-Zeitschrift Panorama zur 1. Auflage:

„Ludwig war in seiner Jugend ein ‚Extremer'. Umso angenehmer fällt es auf, dass auf keiner Seite vom Kampf auf Leben und Tod die Rede ist... Dagegen widmet Ludwig einige Seiten dem, was aus Bergsteigersicht eher am Rande geschieht: der Freundin, der Familie, dem Häuslebauen, den Vaterfreuden, freundlichen und wneiger freundlichen Hüttenwirten, vor Allem aber seinen Kameraden... Für alle, die noch ein Gespür für Romantik haben und für die das Gebirge nicht nur aus Bergen besteht, ist es schön, dass es dieses Büchlein gibt."

Herbert Ludwig, geb. 1940 in Quedlinburg, Professor für
Vermessungstechnik i.R., Schauspieler, Bergsteiger ...